だからこそできること

乙武洋匡×武田双雲

「あなた」だからこそできること。
「わたし」だからこそできること。
誰にだって、
**「だからこそ
できること」**
が、きっとある。

乙武洋匡の「だからこそできること」

前向き
だからこそできること

元小学校教員
だからこそできること

東京出身
だからこそできること

2児の父
だからこそできること

落語大好き
だからこそできること

五体不満足
だからこそできること

メガネ
だからこそできること

保育園経営
だからこそできること

元スポーツライター
だからこそできること

けっこうエロい
だからこそできること

バンドのボーカル
だからこそできること

武田双雲の「だからこそできること」

マユ毛が太い
だからこそできること

病気をした
だからこそできること

湘南在住
だからこそできること

ぽっちゃり
だからこそできること

書道家
だからこそできること

元NTT
だからこそできること

理系男子
だからこそできること

熊本出身
だからこそできること

おしゃべり
だからこそできること

2児の父
だからこそできること

前向き
だからこそできること

はじめに

初対面と初体験

乙武洋匡

武田双雲さんからツイッターで、「教育談議をしましょう!」と話しかけられた時、実は僕らは一度も会ったことがありませんでした。にもかかわらず、いざ話をしてみると、子どもに対するまなざしがとても似ていたこともあり、驚くほど楽しく、そして熱く、おたがいの教育論について語り合うことができました。

そんなことから対談が実現し、初めてお会いすることになったのですが、お会いしてみて、またまたビックリ。

「ねえねえ。乙武さんって、どうやってそのお茶飲むの?」
「うわあ、すげえ。そうやって飲むんだ!」
「この車いすもすごいよね。どうやって動かすの?」
「ええっ、こんなに小回りがきくものなんだ!」

子どもかっ(笑)!!

いや、もちろん、いい意味でね。きっと、僕と初めて会う方は、心の中で双雲さんと同じようなことを感じていると思うんです。「これはどうするんだろう?」「おお、そうやるのか」の連続。でも、ほとんどの方はそれを口に出したりしない。そういう反応を示すことで、僕に不快な思いをさせたらどうしようと気を遣うんでしょうね。

でも、双雲さんは違いました。心の中に生じた疑問を、その疑問が解けた時の感動を、心のままにポーンと口に出せる人。口に出さずにはいられない人。そう感じた時に、「この対談はうまくいくな」と直感的に感じました。

著名人の対談は、書籍や雑誌など、様々な場面でよく見かけます。もちろん、その組み合わせの妙により、興味深い話がポンポンと飛び出すような対談も時に目にしますが、期待したほどには盛り上がらず、通りいっぺんな内容で終わってしまうものが多いのも、また事実。でもね、それも仕方がないと思うんです。「はじめまして」とあいさつを交わしたばかりの二人が、会っていきなり自分をさらけだし、本音を語りだすなんて、誰だって難しい。「いったい、この人はどんな人なのかな」と探りながらのトークになるのも当然のことだと思うんです。そして、ようやく打ち解けてきて、さあこれからという時に「今日は、ありがとうございました」。これでは、底の浅い対談になってしまうのも無理はありませんよね。

ところが、どうやら武田双雲という人は、その「探りながら」という部分を気持ちいいほどにすっ飛ばしてしまうことができる才能の持ち主だということがわかってきました。だからこそ、僕は「この対談はうまくいくな」と感じたのです。

でも、それと同時に、僕は心の中で「困ったことになったな」と苦笑いしていたことを正直に告白します。僕もこれまで初対面の方とすぐに打ち解けることが得意なほうだと自認していましたが、さすがに双雲さんほどの〝心の八艘《はっそう》飛び〟ができるわけではない。でも、お相手の双雲さんがなんの隠しだてもなく、それこそ僕が数年前まで担任していた小学生のように無邪気な心で僕と向き合おうとしてくださっているのに、僕がその二人の間に衝立《ついたて》を置いてしまうわけにもいかない。

今回の対談、心の扉を全開にして語り合うことになりそうだ——。

双雲さんの邪気のかけらも感じられないその笑顔に、邪気にまみれた僕は(笑)、そんな覚悟を抱いたのです。ですから、この本にはいつものオトタケらしくない、素のオトタケが詰まっているように思います。これまでメディアでは語ったことのないエピソードや発言も盛りだくさん。ちょっと、あれこれしゃべりすぎたかな?

また、1年半近くかけてじっくりと対談を進めていったのも、本書の特徴。その途中に、東日本大震災があり、双雲さんの大病があり——様々な経験を通して、さらに自身の考え方を深め、変化させていった僕らの対談を、どうぞお楽しみください。

この本が、皆さんが自分のことを好きになる一助となれば、これ以上の喜びはありません。

表紙について

双雲　この本の表紙ってどうするんでしたっけ？
乙武　どうしましょうか。
双雲　タイトルは乙武さんが筆で書くんですよね。
　　　作務衣着て。筆持っている乙武さん。
乙武　それは面白い。
双雲　車いすに僕が乗ってる。
乙武　面白い！
双雲　二人が入れ替わる。
乙武　僕が筆持って。
双雲　でかい筆で、乙武さんがすごくでかく書く。
乙武　でも、そのでかい筆に押しつぶされて。
双雲　僕は車いすの下敷きになって。
乙武　二人とも顔が見えない（笑）。
双雲　もしくは、僕と乙武さんで二人羽織になって書く。
乙武　シュール！
編集　け、検討してみます（汗）。

撮影／飯田かずな
スタイリング／伊島れいか
ヘア＆メイク／村中サチエ
撮影協力／ RIDOL、オプティカルテーラー クレイドル青山店、
PROPS NOW、AWABEES

だからこそできること　目次

第1章

僕たち、褒められて育ちました

空気の読める子
だったんです

僕と逆、真逆。
空気読めない

自他共に認める「前向き」なお二人。
対談場所のホテルの一室は、まるで太陽が二つあるような明るさに満ちていました。
なぜ、そんなに前向きなのか。
そこには、「褒められる」という共通点があったのです。

ガキ大将が生まれちゃった

乙武　「今日、双雲さんと対談です」ってツイッターでつぶやいたら、双雲さんの同級生という方から「双雲は小さい頃から変人でした。変人じゃないと活躍できないんですね」って返信をいただいたんですよ。

双雲　うれしいような、悲しいような。僕、変人だったのかな？

乙武　思い当たることはないんですか？

双雲　とにかく、よく質問しまくる子どもでしたけど。友達にも先生にも質問ばっかり。偉い人ばっかりいるところで、「それ、どういうことですか？」なんて聞いていたり。質問したい時にする。質問魔でしたね。先生はたまらんだろうなぁ、ああいう生徒がいたら。乙武さんはどんな子どもだったの？　本では読みましたけど。

乙武　優等生でした。

双雲　サラーッと言いましたね。確かに本を読むと、鬱屈《うっくつ》していないですよね。キレるとか、調子に乗って相手を傷つけるとかないんでしょうね。

乙武　そんなことないですよ。ガキ大将でしたから。

双雲　ガキ大将？

乙武　**ものすごく負けず嫌いだったんです**。とにかく負けるのがイヤ。

双雲　負けず嫌いは誰譲りなの？

乙武　うちの両親は、とても良識的な人なんですよね。僕のこの性格は、どこから来たんだろうっていうぐらい。両親からも、「あなたの性格はどこから来たんだろう、私たち結構マイルドよ」って言われましたね。

双雲　それなのにガキ大将が生まれちゃった。

乙武　やっぱり、こういう体に生まれてきたので、ほかの子と比べてできないことがあるじゃないですか。でも、できないままにしておきたくない。なんとかしてやってやろうって思うんです。授業でも遊び時間でもみんなと同じように、それ以上にやってやろうじゃないかって負けん気が強かったんです。

双雲　それが突き抜けてガキ大将まで上り詰めちゃった。

乙武　といってもこの手のつけられないきかん坊というわけじゃないんです。今で言う「空気の読める子」だったんで、「これ以上やったら怒られるな」とかわかっちゃう子で。

双雲　僕と逆、真逆。空気読まずに質問ばっかり。

空気が読めるようになったのは、家庭環境が大きいの？

乙武　もともとの性格もあると思うんですけど、基本的に僕の場合、なんでも誰かにやってもらわなきゃいけないんですよ。

双雲　それが全然違うよね。もうスタートが違うよね。

乙武　もちろん、やってあげる側も大変だとは思うんですけど、**やってもらう側っていうのも実はしんどくて……**。たぶん、自分でできたほうが楽だと思うんですよ。

双雲　そりゃそうだよね。

頼んだ時の相手の表情が気になる

乙武　例えば、双雲さんが両手を急に骨折して、1週間誰かにトイレの世話を全部してもらわなきゃいけなくなったら、精神的にしんどいと思うんです。

双雲　わかります。僕、ちょっと骨折魔で、10回ぐらい骨を折ってるんで、もうＭＹ松葉づえ買ったぐらいなんですよ。だから一応手足が使えないしんどさ、ちょっとはわかるんですけど、ほんとにつらいです。

乙武　例えば、両親や妻にやってもらうんなら、まだいいですけどね。それが僕の場合、赤の他人にやっていただく場面も結構あったりして。

双雲　プライドとかもあるしね。

乙武　そうですね。そうすると頼んだ時の相手の表情っていうのがものすごく気になるわけですよ。

双雲　もともと空気読むしね。

乙武　「どうしたらいいんだろう」と戸惑われるのもこっちもしんどいし、なんか逆に「ああ、全然いいですよ」みたいな感じでやってくれればこっちも楽だし。だから自然と人を見るようになる。例えば目の前に３人の人間がいたら、どの人に頼めばお互い気持ちよくやってもらえるのかわかっちゃうんです。ちっちゃい頃から繰り返し見続けてきたんで、人を見る能力は養われたと思います。

双雲　面白いね。頼みやすい人と頼みにくい人がいるってことですね。

乙武　そのとおりです。

双雲　確かに無意識に僕らも選んでるんだろうな。なんか頼む時って、やっぱり、さわやかにやってくれる人に頼むよね。やってくれないのも困るけど、一生懸命やりすぎても困るし。「命懸けでやります」と言われても困るもんね。

乙武　そう。頼み続けてきた人生というか、頼まないと自分の生活が成り立たないので。

「頼まれ、頼む」ってすごい

双雲　マネージャーさんはどういう経緯でお願いすることになったの？

乙武　今から9年前なんですけど、友人と京都旅行に行った時、当時大学生だった彼とたまたま知り合ったんです。そうしたら、その翌日、同行していた友人が急にぎっくり腰で動けなくなってしまって。僕はこういう体なので、誰か身の回りのことをお願いできる人がいないと困ってしまうんです。それで、前日に出会ったばかりの彼に電話を入れた、というのが仲良くなったきっかけ。なんか、こちらも気を遣わずにお願いできそうに思ったんですよね。そこから友人関係が始まって、その年の終わりには、二人で海外旅行にまで行くようになって。別の仕事をしていた彼を京都から呼びよせてマネージャーをお願いするようになってからは、もう2年くらいたつかな。

双雲　いろいろな人を見てきた中で、この人だって思ったんですよね。さらっとやってくれそうって。あんまり気を遣わないでね。

乙武　壁がないって思えたんでしょうね。それはあるかもしれない。

双雲　その積み重ねの上に。

乙武　今の仕事がある。

双雲　すごいよね。**「頼まれ、頼む」**って。

乙武　そうですね。

双雲　お願いした時に、少しでもイヤそうな顔とかしていたら、今、マネージャーにはなっていませんか。

乙武　なってないでしょうね。

双雲　すげー、運命だね。乙武さんは少しの表情も読み取るからね。もうなんでも読み取るからね。ほんとになんにもイヤって感じがなかったんでしょうね。かといって気負ってない。「よし、この人を救ってあげよう」とも思ってないんでしょうね。

その距離感というか、なんにも考えずにできるって最高だもんね。よく「おもてなし」ってそういいますよね。お客さまに気づかれたら意味がない。なんにもなく、すっと体が動いてる。

乙武　そうなんです。彼の感覚ってちょうどいいんですよ。その時、彼は結局３日間ぐらいバイトを全部キャンセルしてくれたんですけど、それも「別に」って感じで。

双雲　すげー。あんまり困難を感じないのかな。「この先、乙武さんと一緒にいたら大変そうだ」って思わなかったの？

乙武　「別になんとも思わなかった」って。

双雲　天才だ、答えが天才だ。「えっ、何を質問しているんですか？　わかりません」って感じだよね。本を書けない人だよね、こういうタイプってね。天然だからね。

乙武　確かに書くのは苦手みたいです。あいつ、メールがうまく書けないんです。

双雲　メールが書けないってどういうこと？

乙武　会話にならないメールなんですよ。用件とかを伝えることぐらいはできるけど、あっさりしすぎている。人と会話するメールは途中でめんどくさくなって、「これ、もういいや」みたいな。

双雲　なるほど。

乙武　昔ね、カノジョから付き合って半年たった時にメールが来たらしいんですよ。「私、付き合った時にあなた専用のメールフォルダ作ったんだけど、今見たら４通しか入ってなかった」って（笑）。ひと月半に１通のペースって……。

双雲　ありえないね。

乙武　それも全部「わかった」とか、「着いたよー」とからしいです。

双雲　それは、最も女の人が苦手とするタイプですよね。女の人って感情のコミュニケーションをしたいから。「私のことどう思ってるの？」「今どういう気持ちなの？」ってやたら知りたがる生き物。女の人って男性とコミュニケーションすることが目的なんですよ。僕ら男は、コミュニケーションは手段でしかなくて。女性ってのは、感情を共有することが最終目標なのね。

乙武　よく、それで怒られたそうです。

双雲　ですよね。だから先に言っておくべきですよね。付き合う前に、「俺はこういう男で、そういう男が好きな人としか付き合いません」みたいな。

メールコーディネーター

乙武　僕は、そういう意味では女性脳なのかもしれない。そういうコミュニケーションは得意なんですよ。

双雲　あれ？　女兄弟？

乙武　一人っ子です。たぶん、さっきも話したように、ずっと何かをしてもらう立場だったからかもしれないですね。

双雲　だから、女性とのコミュニケーションは得意だと。

乙武　以前、マネージャー君が海でタイプの女の子と出会ったんですね。彼女も彼のこと、まんざらでもないようで。「あっ、ちょっとこれいいんじゃないの」みたいな話でメールのやりとりをしてたんですよ。そしたら、またいつもの癖が出始めて。彼がメール送ると、あまり返事が来ないみたいな。つまんないんですよ、メールが。

双雲　そっけない、ツンツンしてるメールを送っちゃったんでしょうね。

乙武　「ちょっとオトさん、どう打ったらいいんでしょうね」みたいなこと言われて。何通か僕が代わりに返事を考えて、それを送っていたんですよ。そしたら、ポンポン会話がはずむようになった。

双雲　コーディネーターだ、**メールコーディネーター**。

乙武　2週間ぐらいそんなことを続けてたら、彼が「じゃ、オトさんそろそろ僕、頑張ってみます、一人で」と言うので、「あ、ほんと、じゃあ頑張ってね」と任せたんです。それで、翌週ぐらいに、「あれどうなった？」って聞いたら――「メール途絶えちゃいました」。

双雲　ダメだった？　ダメだったんかい。

乙武　結局ポシャりました。

双雲　ダメだったんかい。オトさんのメールと彼のメールの温度差が彼女にあったんじゃ？

乙武　その前の楽しいメールのやりとりはなんだったみたいな。

双雲　冷たいメールが突然来るからね。

乙武　彼は彼で、なんか僕と彼女で楽しい会話をしていて、自分はただの伝書バトみたいな気分になったらしく、途中から「勝手にやれよ」と思ってたらしいですけど（笑）。
双雲　でも、マネージャーには向いているよね。いちいち感情入れずに、淡々と返すっていう。
乙武　ああ、そうかもしれないですね。
双雲　僕も女性脳かも。男三兄弟で、男子校出身で、理科大で、ＮＴＴに就職したんですが、就職してからもほとんど男社会の男ばかりの世界。でも独立したら、書道教室の生徒さんのほとんどが女性。８割くらいかな。
毎日のように、旦那のグチとか、男の趣味とか、婚活の話とか、嫁姑の話をずーっと聞いていたせいか、女性脳になった気がします。小学校の時から、女の人と遊ぶほうが楽な時もありましたね。ってことは、昔から女性脳の気がするな。だから本を書けたりするのかな。
感情コミュニケーションは生まれつきなのか、発達していくのかよくわかんないけどね。

一発蹴りをかませば、かなわない

双雲　乙武さんの負けん気の強さを、子どもの頃にいさめられたり、へこまされるようなことってなかったんですか。

乙武　母がやっぱりすごく悩んだみたいで。
双雲　なんでですか？
乙武　母は小学校入学当時から4年生まで僕にずーっとつきっきりだったんですね。僕が学校にいる間は廊下に待機していたんです。つまり、僕の学校での言動一つひとつを把握してるわけですよ。
双雲　裏がないんだ。
乙武　「これは家帰って母ちゃんに言わないでおこう」ってことができないわけですよ。
双雲　すげー。「一人にさせてくれー」みたいのは？
乙武　それはなかったかな。
双雲　反抗期は？
乙武　ものすごい強かったです。母いわく、「**あんたはもう生まれた時から反抗期だった**」というくらい我が強かったんです。
双雲　優等生かと思ったら、お母さんに対しては結構、キレてたんだ。
乙武　反抗期は強かったですね。もう5年生くらいから、ノックなしに自分の部屋に母が入ってきたらぶち切れてましたね。
双雲　ぶあーみたいな感じで。
乙武　「ふざけんなよ」とか言って。

双雲　マジで？
乙武　「ノックしろって言ってんだろ」って。
双雲　想像つかない。じゃ、学校ではどういうタイプ？
乙武　学校ではもうとにかくリーダーですね。
双雲　先生には？
乙武　先生にはすごくいい子です。
双雲　あっ、そうなんだ。お母さんに対してだけ反抗してたんだ。
乙武　母は全部僕の行動を見てたので。やっぱり友達に対して勝ち気だったり、リーダー面《づら》をして、威張りちらしてるだけの様子を全部把握してたんですよ。
双雲　さっきから、さらさら「**リーダー、リーダー**」って言ってるけどさ、絶対おかしい。小学校、中学校では体がでかいとかヤンキーのほうが権力持つのに。
乙武　お山の大将でしたね。
双雲　すげーな。そこがよくわかんないけど。
乙武　母はすごく悩んだみたいですね。この子が将来大人になって社会に出た時に、こんなごう慢で鼻持ちならない性格は、やっぱりいかがなものかと。この辺で一回鼻を折ったほうがいいんじゃないかと……。
双雲　めっちゃ、とがってたんじゃないですか。

乙武　すごかったみたいです。

双雲　たぶん尋常じゃないんだと思う、その強気さが。

乙武　**だって手足ないんですよ**。

双雲　そうなんです。さっきからおかしいんです。それが。

乙武　そんなの、ボコッとやっちゃえばいい話じゃないですか。それでもみんながビビって。

双雲　確かにね、いくら怖そうでも絶対……ねぇ。

乙武　やっちゃえば勝てるはずなんですよ。

双雲　勝てるというか……あきらかに誰よりも小さいし。

乙武　そう、こんなもん**一発蹴りをかませば、かなわない**に決まってんだから。

双雲　そ、そうだよね。

乙武　それでもやっぱり向こうがこっちをビビってて、乙武、敵に回したらまずいとか、乙武に歯向かったら……。

双雲　ミサイルでも飛んでくるんじゃないかみたいな。

乙武　だから今こうやって振り返ると、そんな手足のないちびっ子を相手にみんながビビって、逆らえないっていうのは、たぶん、よっぽど気が強かったと思うんですよね。

双雲　よっぽどですよね。

乙武　あとは結構、人を扇動するのがうまかったんですよね。クラスを組織化して、自分のものにしていく能力みたいな。

双雲　人心掌握術みたいなね。ほんと戦国武将みたいな人だね。

乙武　そういう意味では政治家に向いてるのかもしれないです。

双雲　うわぁー、なんかスゲーな。

鼻っ柱をへし折るか、伸ばすか

乙武　母は僕のそういう姿を見てたんで、「これはやっぱり親としてピシッと一回指導して、鼻をポキッと折らないとまずいんじゃないか」と思う気持ちが半分。「でもやっぱり、この子、この体で将来生きてくためには、これぐらいの鼻持ちならない強さがないとやっていけないのかしら」という気持ちが半分。

双雲　すげーわかる。うちの娘は3歳（対談当時）なんだけど、超強気で悩んでんだよな。例えば「箸を置いて、『いただきます』って言いなさい」って強い口調で言っちゃうと、もう絶対30分も、こうやって箸を握って離さない。1時間2時間やっても譲らない子なんですよ。だから、その時の乙武さんのお母さんの気持ちが、すっげーわかる。

乙武　父と母でさんざん話したらしいんですよ。

双雲　悩むところだね。鼻をへし折るか、伸ばしっぱなしにしておくか。

乙武　で、結論は「このまま行こう」と。

双雲　いさめなかった？

乙武　**鼻は折らずに伸ばすだけ伸ばしとこうと。**

双雲　それはおっきいね。この話は、この話はおっきいですよ。今この本の中ではね。このジャッジでだいぶ違うんじゃないかな。

乙武　いやあ、僕の人生が全然違うものになってたと思います。

双雲　両親からいさめられたら、ちょっとさすがの乙武さんもね。

乙武　生き方変わってたかもしれないですね。

双雲　すっげー会議だね。親の会議の重要性。どんなダボス会議よりも重要な会議だよね。一回会議のプロセスを聞いてみたいけどね。

「私、子育て失敗した」

双雲　どちらかに決めない親のほうが圧倒的に多いと思うんですよ。乙武さんのご両親はきっと真剣に悩んだからきちんと選択した。「この子の鼻っ柱を折らずに伸ばそう」と決めた。

中途半端じゃないね。最初から「まあまあ、そのうち穏やかになるだろう」「時間が解決してくれるだろう」ってその場しのぎで判断をしようとしない。

乙武　決めた上で「そのままにしておく」のと、なんとなく「そのままにしておく」のでは、同じように見えて、全然違いますよね。

双雲　なんとなく行っちゃった場合は、その子が自分たちの思うように育たないと「あー失敗したなー」ってなるんですよ。だいたい、「私、子育て失敗したんですよ」とかよく聞くじゃん？　それ言っちゃダメでしょ？　みたいな。

生きてる子どもに対して「子育て失敗した」ってね。あんた……

乙武　多いですよね。そういうこと言う親御さん。

双雲　多いですよね。あれなんなのかね。

乙武　子どもに対して失礼だと思うんです。

双雲　失礼、失礼。それ、あんた自身の責任でしょって言いたいよね。自分の責任だと思っているならまだしもさ。人の人生なんだからね。日本人のムダな謙虚さってあるよね。

乙武　そうそう。

双雲　「愚息」なんて言葉とかもそう。「大したことないですよ、うちの息子は」ってよく言うじゃないですか。あれなんなんだろうね。

乙武　僕も親の育て方には、ほんとに感謝してるんですよ。ただ、唯一イヤだったのが、謙遜。

外の人に対して、「いやぁ、うちの息子なんて大したことありません……」って。

双雲　ダボス会議開いた乙武家でもそうなのか?

乙武　ほかの方から褒められると、母はさっきも言ったように良識的な人なので、「いやあ、うちの子なんか大したことないですよ」とか言うんですよ。当たり前ですけどね。でも、それ聞いて僕は、いい気持ちしなかったなあ。僕、褒められて伸びるタイプなんで(笑)。

双雲　つらいよね。「大したことない」と言われるとね。

乙武　だから今、妻に言うんです。「うちの子が外で褒められた時に、『いやいや、うちの子なんて』という言い方しないで」って。特に長男はキャラが似てるんですよ、僕と。「変わり者と思われるかもしれないけど、『**そうなんですよ、うちの子頑張ってるんですよ**』という言い方をしてやって」って。「もし子どもにダメなとこあったら、本人に直接言って」と言ってるんですよね。

双雲　言われたら、「頑張ってるんです」って言えば済む話を、わざわざ謙遜する意味ないと思いますよ。

乙武　双雲さんのお宅は?

双雲　うちは両親が、ある意味、ちょっと痛々しい親だったんです。僕のことを「**天才なんですよ**」って言いまわってました。親父は特に。

世間体とか気にして、「うちの子なんてダメですよ」みたいなことはまったく言わない。

そういう意味では、うちの両親には感謝してますね。

乙武　うちの両親は、さっきも言いましたが、とても常識人。だから、謙虚に「うちの子なんてとてもとても……」と言ってたんでしょうね。

「底辺」からスタートしてる

双雲　褒めました？　ご両親は乙武さんのことを。

乙武　すっごい褒められましたね。

双雲　褒めるは、褒めるんだ。家の中では。

乙武　そうですね。僕に対しては褒めてくれましたね。

双雲　それはその後、自己肯定感を持てるかどうか差が出るよね。うちの生徒さんもはっきりわかります。親に褒められたことがない人と、褒められて育った人の差はものすごいわかります。

乙武　どういうところに？

双雲　言動ですね。何しても「私はダメかも」とか。自己肯定感がない人は親から褒められたことがない人が多い。でもそっちのほうが多数派なんですよ。日本じゃ特に褒めないよね。

褒め方が上手な親、叱り方が上手な親ってのはなかなかいないと思いますよ。

乙武　褒めて育てる、褒め上手の親って、特に僕らの親の世代では珍しかったと思うんですよ。なのに、なぜうちが褒めて育ててくれたかというと、やっぱり僕が手足がなく生まれてきたっていうのが大きくて。

両親は僕がこの体で生まれてきた時に、「一生、ベッドで寝たきりの人生だろう」と思ったんですって。そこからスタートしてるから、もう寝返りを打っただけでも大喜び。起き上がった、自分の足で歩き出した、字を書いた、飯を一人で食えた、何をやっても……

双雲　すごい。

乙武　**「底辺」からスタートしてる**、寝たきりという状態からスタートしてるんで、すべてがプラスプラスプラスだったらしいんですよね。

双雲　「底辺」からスタートするか。それ大きいな。

乙武　だから何も期待してない。一生寝たきりでも、元気で、少しでも長生きしてくれたら、と思っていたそうなんです。何年持つのかさえわかってなかったんじゃないかなあ。僕がすぐ死ぬんじゃないかとさえ思ってたかもしれない。この体で生まれてきた時にはね。

だから、次は何した、今度は何したっていうのが一つひとつプラスの積み木だったから、全部褒めてもらえたのかなと思うんですよね。

双雲　感動が何十倍だもんね。

言葉だけで褒めても嘘

乙武　双雲さんのご両親はなんでそんなに褒めてくれたんですか。

双雲　今でもそこは謎です。両親自身は自分が子どもの頃は褒められて育ってないんですよ。それなのに僕が生まれた時から、この子は天才だと思っちゃったらしいんです。**「もうこの子は絶対天才に違いない」**と思い込んでしまった。その理由はわからない。あわてて褒めたんじゃなくて、天才だと思ったんです。心から「おまえ天才だわ」って言ってるだけなんで。

乙武　それはすごい。

双雲　褒めるってね、本当はすごく難しくて、心から思ってないことで褒めると何か違うんですよ。本当に「うわーすげー」って思った時に褒めるのはほんとに役に立つんだけど、ムダに気を遣って褒めちゃうと、たぶんその人の成長の妨げになるんじゃないかな。

だから褒めるも叱るもね、結局、心持ちの問題。テクニックだけで、じゃあ褒めようって褒めたってね、そんな簡単には人に響かないし、うまくはいかないですよ。

育児本に書いてあるとおりにやってみたのに結果が出ないと、「褒めてもダメじゃん」とか、「叱ってもダメじゃん」ってなるんですよね。

乙武さんの話を聞いてびっくりしたのは、「底辺」ていうところ。最初から全部が本気で、心から感動してるんですよね。歩けた、字が書けたと、何ができたというところがマジすごいと思っていて、それが乙武さんに伝わっている。マニュアルどおりに褒めるとかじゃないですよ。

乙武　確かに。疑ったことはなかったですね。

双雲　僕は大学を出てからNTTに就職して3年間お世話になったんですが、会社を辞めた理由って、「感動してうれしいから」なんですよ。

乙武　どういうことですか？

双雲　書道は当時からやっていたので、自分の手書きで先輩の名刺を作ったんですよね。「もしよかったらどうぞ」って見せたら、周りにいた人たちが、「うおー、めっちゃかっこいい」「欲しい欲しい」って言ってくれたの。それが、僕には本当に最高で。「これで会社辞めよう。こういう仕事でやっていこう」と思ったんです。

それはうわべだけで褒めたわけじゃないですよね。「うおー、すげー」というような感動の言葉。

乙武　心が動いてる。

双雲　動いてる。それでもうれしくて、そのまま会社辞めちゃったんです。僕は**感動が褒め**

るんだ、感動こそが褒めることの根底にないと嘘の褒めだと思う。感動なき褒め言葉って、なんか上からだよね。

乙武さんのような負けず嫌いの人って感じるんじゃないですか？　言葉だけで褒められても、「なんか嘘っぽい」って。そんな褒め言葉じゃ、心は動かないって思うんです。

子供の頃、僕は、おしゃべりでいつも怒られてたんですよ。いつも口を出す、人の話を止める、授業を止める。その時は怒られ続けて、しゃべりすぎ、黙りなさいって言われてきた。大げさだったんです。人類を幸せにしたいとか、小学生の頃から言ってたから。周りからすると、大げさに語る子。例えば、何か一つの議題があると、「これは学校全体ではどうなるの?」とかっていう質問をする子で、みんなが考えていることとは違うことを考えるから、先生から見たら協調性がないわけですよ。昔から、「おまえ、大げさで何言ってるかわからない」とか言われたことが何回もありました。

あと、授業を邪魔するほどの感動屋だったんですね。カーテンが動いているとか、落ち葉が変な落ち方したとか騒いで感動してる。友達といてもずっと落ち着きがないんです。常に感動してるんですね。だから、その感動を伝えたかったんですよね。その時はみんなから嫌われて、面倒くさいって言われて、授業を止めるなって怒られて立たされていたけど。

そんな変な子どもが、こうやって書道を使って芸術家になり、多くの人が僕の作品を見て、涙を流してくれるようになったなんて、当時を知る人からは想像できないでしょうね。感動を伝えたい、感動させたいという思いが書道という形になって伝わっているのかなと思うんです。

おしゃべりだったことも、講演会やメディアに出ることとかに生かされている。子どもの頃に欠点だと言われていたことが、大人になってからほとんど生きているんです。

母親から与えられた書道っていうテクニックと、世の中にこの書をどう生かすかっていう考えとか、人類をどうしようっていう視点は、今も生きていると信じてます。

負けん気が強く、ガキ大将だった僕の小学生時代。皆さん意外に思われるみたいですが、とにかくやんちゃ坊主。でも先生の前では優等生でリーダーシップを発揮していました。

そんな性格だったから、手足がないことをコンプレックスに感じることもなく、またいじめられるようなこともなかった。体育の授業もプールの時間も負けん気だけで頑張ってましたね。

そんな僕が、なぜ優等生じゃなかったり、弱い立場の人たち、子どもたちの気持ちに寄り添えるようになったかと聞かれることがあるんですね。「若い時の苦労は買ってでもしろ」じゃないですが、小学生時代に大きな手術をした影響が大きかったのかなと思うんです。

体が成長するにつれて腕の骨が伸びてきて、肉を突き破って出てきてしまったんです。手の先っぽが化膿してきて、骨が飛び出てきそうになる。そりゃあ、痛いです。

４年生の時と5年生の時に、骨の成長に追いつくようにって、背筋をそぎ取って左右の腕に移植する手術をしたんです。なぜ背筋かというと、同じ肉でも筋肉のほうが発達がいいそうなので。今でも背中に大きな傷があるんです。背筋のほうにも多少残しておかないと再生しないので、残しておく状態でスライスして、腕を包み込むように縫いつける。手術や入院がつらかったというよりも、学校が大好きな子だったんで、学校に行けない、友達に会えないことが、本当にしんどかったですね。

今になって振り返ると、あの時の2ヶ月が、我慢をすることや、しんどい人に対する目線だったりというものにつながっている気はしますね。

それが最初の挫折というか、壁みたいなもので。負けん気が強かった分、ヘコまされる経験が少なかったから、そのつらい入院時期は、大きな糧になっていると思います。

タケタケへの質問状

ツイッターを通じて、乙武洋匡さんと武田双雲さんに聞いてみたいことを募集しました。圧倒的に多い質問が次の二つでした。

Q どうしてそんなに前向きなの？

Q イライラしないようにするにはどうしたらいいの？

乙武　僕は逆に聞きたいな。みんなはどうして前向きになりたいの？　って。別に前向きでも後ろ向きでもいいんじゃないって思うんです。

双雲　イライラすることだって、みんなあるんじゃないですかね。

乙武　僕、小中学校とか行って、講演会などで「どんな人間になりたい？」という質問をすると、7割ぐらいの子が「優しい人」と答えるんです。例えば、「成功したい」という人はあまりいない。「お金持ちになる」とか、「みんなから尊敬される」とかもない。「優しい人になる」という小中学生、多いんです。

そういう傾向に、この二つの質問は絡んでいる気がするんです。「前向き」とか「イライラしない」ということは、寛容にもつながるでしょ。だから、おおらかで寛容な人間に、人ってあこがれるのかな？

双雲　ただし、イライラしちゃダメだと思う人ほど、イライラが長くなると思う。イライラしてもいいと思っていると、イラッときても、「ああ、イラッときたな」と思えるけれど、イラッてしちゃダメだと思い込んでいる人ほど、イライラする気がする。

イライラってめちゃめちゃ反射的な反応ですよね。それは避けられない。人間てうまくいかないとイライラするし、毎日イライラだらけだと思うんです。それを「イラ」くらいにするか、「イライラ」にするか、「イライライライラ」にするかで全然違う。

僕は意外に「**イライラしてもいいじゃん**」と思ったら、そんなにイラッとしなくなると思っているのね。

乙武　どっちの質問もそうなんですけれども、別に前向きじゃなくてもいいし、イライラしてもいいのにって思っちゃいますね。僕は「乙武さんはどうしてそんなに前向きなんですか」ってよく聞かれるんです。その答えになるかどうかはわからないけど、僕は野球の野村克也元監督にお世話になっていて、お話をお伺いすることが多いんですよ。

双雲　野村監督、前向きではないですよね？

乙武　はい。とても後ろ向きなんですよ。野村監督が言っていたのは、「キャッチャーなんてマイナス思考じゃないと務まらん。ああなったら困る、こうなったらまずい、じゃあそうならないようにこういう手を打っていこうと、すべてがマイナス思考から始まっての逆算で、リードが成り立っていくんだ。だから、長嶋茂雄みたいに、バンと来たボールをパーンッと打てばいいんだみたいな、前向きな人間にはこのポジションは務まらん」と。そういう自負を持っていらっしゃる。

どっちがいい悪いじゃなくて、どっちのほうが好きか嫌いかという好みの問題だと思うんですよね。たまたま、前向きな人が好きという人の割合が多いだけで、別に後ろ向きだからダメということでもないと僕は思っています。

前向きと後ろ向きが組めば！

双雲　後ろ向きにも2種類あって、野村監督的な後ろ向きは、実はあれ、総合的には前向きだと思うんですよ。つまり、前向きな人と後ろ向きの人は、目標が一緒であれば、超いいコンビになるわけじゃないですか。僕も妻が後ろ向きなんです。リスクマネジメントタイプ。僕は、こうやったら面白いことが起こるという前向きタイプ。二人が組めば、僕が新しい企画を立案したり、いきなり突発的な行動をしても、妻がそういうところを抑える。ただ、人の足を引っ張る後ろ向きってあるじゃないですか。目標も何もなく、こっちにただ感情的に噛みついてくるタイプ。その2種類を分けないと、ちょっと混乱するかな。**いい質のネガティブと、悪い質のネガティブがある。**前向きじゃなきゃダメだよみたいな人はうざいですよね。

でも、ネガティブな人って、僕は好きなんですよね。

乙武　僕もまったく同じで、どちらかというと前向きな人よりは、後ろ向きの人のほうが好きで、居心地がいいんです。わりと僕の近しい人って、ネガティブな人が多いんです。あ、でもうちのマネージャー君は、前向きでもなければ、後ろ向きでもないか。どっち向いているのかなと思ったら、この人、いつもお空見てフワフワしている。ニュータイプですね（笑）。

双雲　前向きでも後ろ向きでもなくニュートラル。

乙武　昨日もね、彼と一緒に喫茶店にいたんですけど、（大きなパフェの写メを見せて）彼がこれを頼んだんですよ。

双雲　うわー。

乙武　これ、すごいボリュームでしょ。これを一人で完食したの。

双雲　お空見ながら？

乙武　それが、ものすごく幸せそうな顔をして、呆けてんの。なんか、その姿見たら、「この人、幸せなんだろうな」と思って。

双雲　前向きでも後ろ向きでもなくニュートラル。理想はニュートラルかもしれない。

乙武　ニュートラルということは、どこでも行けるということですからね。バックもできる、前進もできるということですから。

双雲　結論としては、**ニュートラルがいい**と。

乙武　イライラも別にしたっていいじゃない、ってことで。

双雲　これで答えになってるのかな？

皆さんが期待している答えとは違うのかもしれないけど、人はイライラしてしまうものだし、前向きな時も後ろ向きな時もある。人は誰でもそうだし、それが普通なんだと思ってニュートラルなスタンスでいられるようにしましょうってことですね。

第2章

「えこひいき」と「個性」

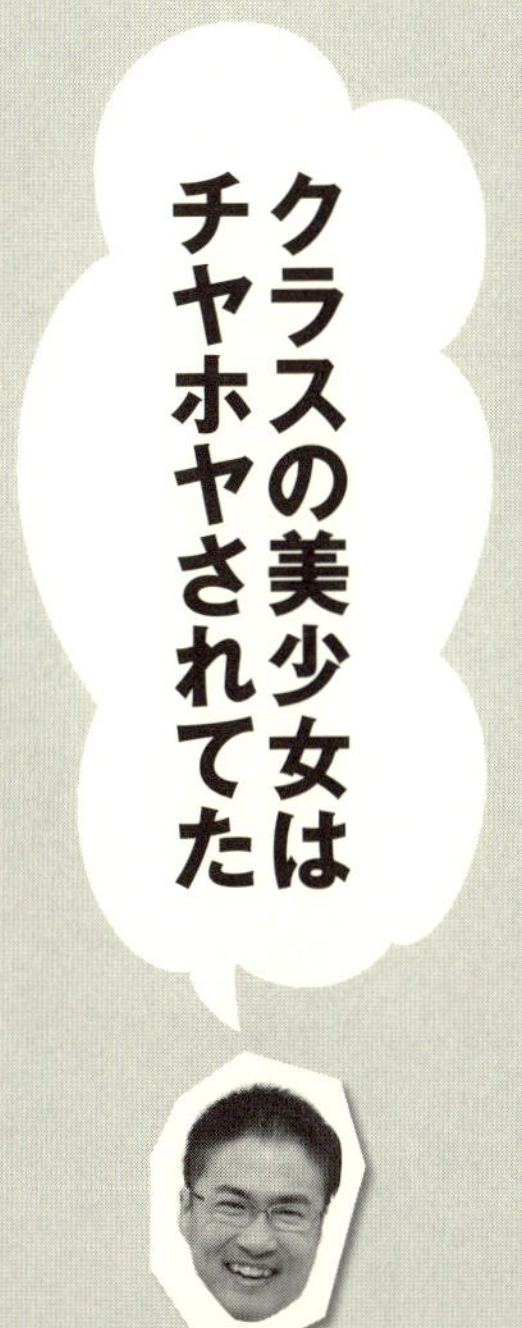
クラスの美少女は
チヤホヤされてた

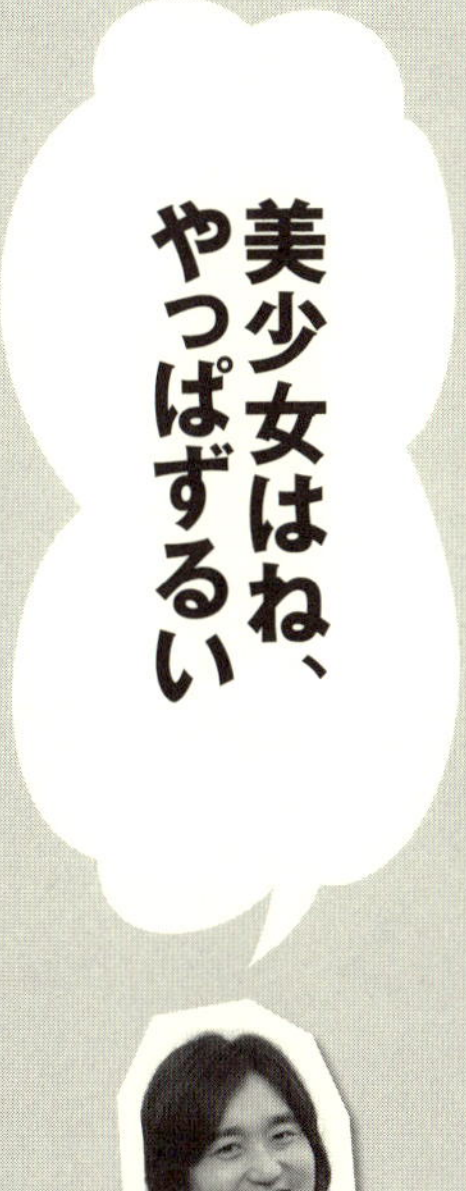
美少女はね、
やっぱずるい

お二人は子どもたちと接する上でも、個性をつぶさないように、画一的な視点で縛らないようにしてきたそうです。それは、「えこひいき」されてきたことと無関係ではないかも？

あなたは、えこひいきされてた

乙武 僕の場合は一人っ子だから、両親が僕を特別に「すごいなー、すごいなー」と思って育ててくれても、なんのひずみも起こらなかった。けど、双雲さんは弟さんがお二人いらっしゃるじゃないですか。

双雲 1歳下に双鳳、9歳下に双龍。二人とも今は書道家やってます。

乙武 弟さんたちにもご両親は同じ育て方をしたのかなって思うんです。本当に心から双雲さんを天才だと思ってたなら、弟さんたちにもそう思えてたのか。思えてなかったら、そこで弟さんたちは「兄ちゃんへの視線と俺たちへの視線、あきらかにちがくないか？」みたいな思いはあったのかなとか。

双雲　ほんと図星です。親父は僕のことを認めてくれるから、僕は親父の言うこと全部聞くじゃないですか、素直に。おりこうでいようとかじゃなくて、認めてくれるから。あきらかにプラススパイラルですよね。母ちゃんは３人に平等に愛を与えようとしてるけど、どうしても弟二人の前で僕を褒めてしまうらしくて。よく弟たちは**「また母ちゃん、兄ちゃんのこと褒めてるよ」**って言ってました。

乙武　やっぱり、えこひいきされてきた人間は気づかないけど、それを間近で見て下唇噛んでた人間は忘れないですよね。

双雲　乙武さんの場合、ダボス会議開いたご両親は、いさめない、このまま行こうと決めたじゃないですか。学校の先生は乙武さんの鼻っ柱の強さ、負けん気の強いところを、いさめたりしなかったんですか？

乙武　もちろん、威張りちらしてるところを怒られたりっていうのはありましたよ。

双雲　どんだけ威張りちらしてたのか見たいよね。その威張りちらし感を見たい。どんな感じだったのかがちょっとね、言葉だけじゃわかんないかな。

乙武　例えば、『五体不満足』などにも書いたんですが、砂場で遊んでいる時に友達に「城を作れ」とか命令していたなんてこともありましたね。

双雲　完全に「作れ」、命令口調なんだ。

乙武 そうですね。「作ったらいいよ」とか、「作ろうよ」じゃないですね。「作れ」。しかももうみんなが違うもん作ってるのに、「今日はそういう気分じゃない、城だよ」。

双雲 完全に殿様だったんだ、お山の。

乙武 お山の大将ですね。

双雲 すげー！ でも、先生にはいい子だったんでしょう。

乙武 先生に歯向かったりは一切してないですね。もちろん局面局面では叱られてたんですけど、母いわく、「とにかくあなたは、えこひいきされてた。先生があなたの大ファンみたいなところがあって、私は学校にいたから、そのことが伝わってきた」と言ってましたね。

「えこひいき」は現実にある

双雲 メディアとか含めて、知名度が上がって活躍するっていうことは、すでにえこひいきみたいなもんだもんね。**世間からえこひいきされてる**ってことだもんね。そういう意味で、僕らは考えないといけないかもね。誰からもえこひいきされたことのない、日の目を見ない人たちの意見というのを考えて、わかんないといけないのかもしんない。

乙武 愛することと、えこひいきの区別が難しいですね。されてない人にとってはどちらもえこひいきに見えちゃいますから。

双雲　もちろん世の中に平等な神からの愛はあるのかもしれない。でも、現実として人間っていうのは好き嫌いと相性もあって。頭では平等だけど、心の中では、やっぱりどうしてもこの子は苦手とかあるもんね。当たり前ですけどね。それは見せないようにしますけど、現実だから見て見ぬ振りはできないんじゃないかな。

えこひいきって、いい悪いとかじゃなくて、それが現実にあるということはもっと認識したほうがいい。人間ってのはやっぱり好き嫌いがあって、どんなにこびへつらったって合わないものは合わないし。愛っていう言葉にすると難しくなるけど。

乙武　えこひいきしちゃう子と、そうじゃない子って、差がどうしてできてしまうと思いますか？

双雲　感情だから理論じゃないんでしょうね。もう感覚的なＤＮＡが感じるものじゃないかな。

乙武　例えばニコニコした明るい子だけがえこひいきされるということではないと思うんですよね。その先生がいじめられた経験があるとか、闇を持ってるような人だったら、逆にそういう闇を持った子を好きになるかもしれないし。

双雲　僕は、えこひいきしないほうだとは思うんですよね。乙武さんと一緒で、ちょっと変わった子に会うと「うわーおもしれー、個性的」とか、自分が楽しんじゃうほうなんで。例えば、講演やイベントで全国の小学校などに行かせていただくと、そこで出会った子をヒーローに祭り上げるのが得意なんですよ。変わった子をヒーローにする。先生から「あの子はアスペルガー症候群なんですよ」とか、「ＡＤＨＤ（注意欠陥多動性障害）ですよ」とか、最初にレッテル貼られると燃えますよ。いいんですか先生、そんなに褒めちゃって。絶対、将来すごいやつになるからって言うと、子どもは目キラッキラッして。それを見た親がみんな心配するんだよね。ほんとにあの子を調子に乗らしていいんだろうかって。

僕がずるいって言われるのは、１回だけ行って、バーッて盛り上げて、みんなキラキラさせて、いいとこだけ持って帰るから。

全員をえこひいきしよう

乙武　僕は教員になって、まさに双雲さんがおっしゃってたように、えこひいきをまったくしないっていうのは感情的に難しいなと思ったんです。

双雲　えこひいきをしていると思われたらまずいですよね。

乙武　ええ。だから、**全員をえこひいきしよう**と思ったんです。

双雲　すごい面白いよ。それ深いよ。面白いよ。その発想の転換面白いよ。

乙武　「この子をえこひいきしたい」と思った時に、そういう感情が湧いてきたんです。

双雲　伸ばしたいとかね。

乙武　そうそうそう。でもえこひいきになるからやめておこうじゃなく、今回はこの子をえこひいきしよう、次はこの子、次はこの子、というふうに。

双雲　出る杭《くい》を削る作業じゃなくてね。伸ばして伸ばして丸くしていくというか、円を大きくしていく作業ですよね。

乙武　そう思ったんですよね。

双雲　もうまったく同じ、「全員えこひいき」の発想。出る杭を打つ、削ると事なかれ主義で丸くつまんない組織になるんですよ。これがこう伸ばして伸ばして伸ばしていくと円が大きくなっていく。これはね、実はすげーこと。今、乙武さん、一言で言ったけどね。めちゃめちゃ、すげー。深いなー。

乙武　だから具体的な例で言うと、僕は子どものことを褒めたいなと思った時は、すぐにその子のうちに電話をするんです。「今日こんなふうに頑張ったことがあったんですよ。褒めてあげてください」って。そういう事例を取材などで話すとね、やっぱりよく言われるんですよ。「その電話の回数は均等になるようにかけてたんですか」とか、「誰々さんのうちだけ何回多くてえこひいきにならないんですか」とか。そんなこと、どうでもいいと僕は思っていて……

双雲　本当どうでもいいよ。

乙武　電話をかけた回数だけで見れば、結果的に1年2年終わったらバラバラかもしれない。10回かけた子もいれば、2回しかかけなかった子もいるかもしれない。でもね、特に女の子なんかは家に帰ると学校であったことを事細かに話すじゃないですか。「お母さん、今日学校来てましたっけ」というぐらい、なんでも知ってるお母さんもいれば、家に帰ってもほとんど学校のことを話さない男の子もいるんですよ。

じゃあ、どっちの子の家に電話をかけるべきかと言ったら、学校の様子をまったく語らないがために、「うちの子は学校ではどんな様子なんだろう」と不安に思ってる親に多くかけたほうがいい。そういう観点も見ずに、こちらが起こしたアクションに対してだけ平等を求められても、それは違うよなって思うんですよね。

また、電話をかけなかった子に対しては違うことでフォローできると思うんです。それを「誰々さんちに何回多くかけたから」とか言われたくないから電話かけるのをやめようとは僕は思えない。でも世の中は、特に学校は面倒なことや批判があるとやめてしまいがち。

双雲　ワクワク感がないよね。就職もほら、みんな消去法になって、安全なほうに行けば行くほど、自分のワクワク感を削っていくようなもんで。

昔は、**えこひいきして、堂々としてる先生いっぱいいた**よね。

乙武　気持ちいいぐらいいいましたね。

双雲　今はそういう先生は減ってきてる？

乙武　まあ、ダメですね。保護者の声もすごく厳しくなってきてるんで。

双雲　えこひいきも、現実っちゃ現実だもんな。

乙武　クラスの美少女は、必ず担任の先生からチヤホヤされてましたよね。

双雲　美少女はね、やっぱずるいですよね。学校の先生弱いよね。女の人の現実って本当に厳しいよね。顔が美人で生まれるのと不細工で生まれるのって、すごい差だよね。その差をどう考えるかはその人の哲学だから、現実は。

乙武　漫画とかドラマの影響かな、成人するくらいまでの価値観というのは、美人はツンツンしてて、あんまり美しくない人は性格がいいみたいな。ジャイ子とかものすごくいいやつだったりするじゃないですか。だからそういうイメージがあったんです。けど、実際、大学生になって合コンとかやってみると、結構逆のケースが多くて。美人はやっぱり鬱屈《うっくつ》してないんですよ。みんなから褒められて育ってるから。

双雲　素直に明るいんだ。

乙武　そうなんですよ。みんなからチヤホヤされてるんで屈託がないんですよ。

双雲　あいたたた。

乙武　あれ？　って思いましたね。容姿に恵まれなかったような子は、やっぱり、ちっちゃい頃からかわいい子がひいきされてる姿を間近で見てきた子たちなんで、「どうせ私は」という態度をとるケースが少なくないんですよね。

双雲　やっぱきれいごとの理想論と現実の厳しさのバランスがあるよね。どうせ現実はこうなんだからしょうがないって言ってもダメだし。「ダメなんだよ」じゃなくてね、現実とどう折り合いをつけていくかだよね。

エゴかと思い悩んだ

乙武　3年間小学校の教員やって僕が一番悩んだ場面は、まさに理想と現実の狭間っていうところで。自分がやっている教育は自分のエゴなんじゃないかって思ったんですよ。つまり自分は**「みんなちがって、みんないい」**、**「自分らしく生きていいんだよ」**ということをキーワードに、一人ひとりの個性を認めてあげる、ということを伝えている。けど、そういう教えを受けて自分らしさを大切にして育った子どもは、社会に出て逆に苦労するんじゃないかと思ったんです。だって、社会はそうできてないんですから。

双雲　僕もまったく同じ壁ですよ。

乙武　この前、勝間和代さん（経済評論家）と話していて面白かったのは、企業というのは、2、7、1の法則で人材をとるというんです。2割は将来リーダー候補になる、人を束ねられる人間。７割は、兵隊。みんなと同じスーツを着て、上から言われたことをキチッとこなせる人間を７割とる。残りの１割はチャレンジ枠。どう化けるかわかんない、プラスになるかもしれないしマイナスになるかもしれないし。マイナスになるならすぐ切っちゃえばいいというチャレンジ枠を１割とるものなんだって。

つまりほとんどの人間はその７割に組み込まれるわけじゃないですか。そうなった時に自分らしさを大切にしながら自分の意見をしっかりと主張していく人間は、しんどいのかなって思ったんです。そうであるならば、自分はこういう思いで教育をしてるというメッセージを伝えて、彼らをそういう人材にしていくことは、僕のエゴなのかなと思って。すごく悩んだんですよ、一時期。

双雲　すっげーわかる。僕がその悩みの中で一つ思ったのは、とがってて たたかれることはあるんだけど、とがっていって突き抜けていくと、７の気持ちをわかる２になれるんですよ。

乙武　そうそう。僕も悩んだ末に出した結論は、「本当に個性を認める教育を貫けば、自分のことを大事にすると同時に目の前にいる人の個性も大切にできる人間になるのではないか」ということ。

双雲　別に個性がない人も受け入れる努力ですよね。

乙武　自分は自分、目の前の相手は目の前の相手というふうに、一人ひとりの存在をキチッと認めてあげられる人になるのかな、と。それにね、今の社会は、一人ひとりが歯車であること、つまりほかの人と同じ均質な存在であることが求められていて、そこからはみ出ると、すぐにたたかれたり、にらまれたりする。そんな状況に対して、僕自身は「もっと個性が生かしやすい社会に」と思っているのに、その思いに反する教育はやっぱりできないと思ったんです。

双雲　どこまで受け入れていくのかってことだよね。

乙武　よしと思えてないのに、そのよしと思えてない社会に適合する人間を育てていくことにはやっぱり抵抗があったんですよね。

双雲　結局、自分が社会に対してどういうスタンスでいくのかが、教育の根底だもんね。

乙武　3年間彼らと一緒にいて感じたのは、よく「個性を育てよう」という言葉があるけど、育てると言わなくても個性ってすでにあって、もともと一人ひとりが持ってる個性をどう大人が認めてあげられる社会にしていくのかが大切だということなんです。

双雲　**「個性が育っちゃう」**というのがいいんじゃないですか。

乙武　個性が育っちゃう?

双雲　そう。個性を育てるんじゃなくて、なんか土換えたり水換えたら育っちゃったっていう。育てたんじゃなくて、個性が育っちゃったっていうのが一番理想。「あっ育っちゃったんだ」っていうぐらいがちょうどいい感じですけどね。

乙武　僕、落語がすごく好きでね、月3~4回くらいに聞きに行ってるんですけど、なかでも一番好きな落語家さんが柳家喬太郎《やなぎやきょうたろう》さんという方なんですよ。落語って大きく分けると、古典落語と呼ばれる、もう何百年も前から脈々と伝わっているストーリーと、新作落語という現代を舞台にした言葉遣いも現代の話で、新作落語はほとんどがご自分たちで作られるものです。喬太郎さんの最大の売りは、どちらも高いレベルでこなす希有《けう》な存在だという点なんです。もともとは大学時代から新作落語が得意で、有名な賞とかとってるような方だったんです。でも、彼が大学を卒業し、大手書店に勤め、そのあと入門しようという時に、柳家さん喬《きょう》という、古典をキチッとやられる方に弟子入りしたんですね。

双雲　ど真ん中。

乙武　はい、その方に弟子入りしたんですよ。その選択というのが僕は素晴らしいなと思っていて、自分が新作を売りにしてたら、新作を売りにしてる師匠の下に入るのが普通だと思うんですよ。でも、あえて自分とはまったく違うものを得意とする師匠に弟子入りした。なんかそういうのを見てると、何がうまくいくのかわからない。

学校選びで言えば、「自分の子どもは自由奔放だから自由な校風のところに入れたほうがいいのかな」と思うのは普通じゃないですか。でも、あえてかなりしつけの厳しいキチッとしたところに入ることで、思わぬ伸びを見せるというケースもあると思うんですよね。

自分の個性を突きつけて主張して、「どうだ個性だ」っていう人はダメ。だけど、ちゃんと空気を読んでしっかりみんなに貢献しながら、自分の主張もして、円滑に物事を進められる人っていっぱいいるんですよね。そっちにもっていく。ただ、とんがった個性を育てようとか、人と違うことをやる人を認めようっていうんじゃなくて、個性を磨くっていうよりも、なんかその人がその人らしくいれば、それがいつの間にか個性になってて、しかもそれは自然に生まれたものだから。

そう考えたら自分の中で矛盾が消えたんですよね。書道教室で、僕もずっと個性を育てよう、個性を育てようって思ってきて壁にぶちあたったけど、この子たちの個性を伸ばしても、学校じゃまったく認められない。でも一回いけると思ったのは、社会っていう一般ピーポーの中でも生かせる個性なら、将来役に立つ。決して矛盾しない。なんか個性ってとんがったものというイメージあったんですよね。

でも、僕と乙武さんって、人と違うことをやろうとか、自分からとんがってきたわけでもないし、個性を出そうと思って個性を出してたわけじゃない。みんなを幸せにしたいとか、社会がもっとよくなればいいのにって本気で思って、みんなの気持ちを考えながらきたわけですよ。

乙武さんは、もともともう何もしなくても個性的なんで。逆に乙武さんが個性を出そうとしたら失敗したと思うんですよ。ただの変な人で終わって、あん時一回出た人ねって。あの人いたね、昔っていう感じになっちゃったと思います。でも今でもこうやって活躍されているのは、やっぱり地道に一つひとつ丁寧に人の気持ちを積み上げてきた結果だと思うんですよ。だから個性を語っても説得力があるんだね。

僕が教員になった動機はいろいろあるんですけど、きっかけは10年ほど前に起こった、当時12歳の少年少女が幼稚園児や同じ小学生を殺してしまうという痛ましい事件でした。子どもたちの心の叫びに、なぜ周りの大人は気づいてあげられなかったのかと、つらく悲しい思いを持ったんです。

僕自身が両親や先生、周りの大人に恵まれて育ってきたので、いつか恩返しをしたいと思っていた。その手段の一つが教育だったんですね。

期限つきではありましたけど、3年間、東京都の杉並区立杉並第四小学校で教員をやらせていただきました。今、振り返っても、当初の思いどおりに恩返しをできたかどうかはわかりません。

でも、僕は、一人ひとりの個性が無視され、画一的に扱われがちな社会の中で、一人ひとりの違いだったり、個性を生かしてあげられるような社会環境にどうやってしていけるのかと考えてきた人間ですから、やっぱりそういう教育をしていきたい。

僕が情熱をかけて育てていく子どもたちにも、そのメッセージをやっぱり伝えていくべきだという思いで、2年間同じクラスを担任してきたんです。

最後にクラスが解散する時に、子どもたちが「クラス文集を作りたい」と言い出したんですね。「いいんじゃない、みんなで相談してごらん」と言ったら、文集のタイトルを決める学級会が行われたんです。すると一人が「色鉛筆」というタイトルを提案したんです。「えっ、なんで？」と聞いたら、「色鉛筆は何十色とあって全部違う色。うちのクラスにもいろんな人がいて色鉛筆みたいだから」。

そう言われた時に、ちょっと泣きそうになりましたね。ああ、届いてたんだって。「みんなちがって、みんないい」という思いが子どもたちに伝わったんだと。

タケタケへの質問状

たくさん寄せられた質問の中からピックアップしてご紹介していきます。最初はお二人絶賛の中学校の生徒会長からの質問です。

Q

私は中学校で生徒会長をしています。私の学校は以前とても荒れていました。荒れた学校を立て直すにはどうすればいいでしょうか。現在少しずつよくなってはいますが、まだこれからという感じです。どのような活動をしていけば回復できるのでしょうか。

14歳　男性　学生
自分の役割……この学校を教師ではなく生徒で立て直すことが自分の使命だと思っています。
自分は前向きな性格だと思う……NO
自分は親に愛されて育ってきた……YES

双雲　ホレました。
乙武　しびれる。
双雲　この人のところに行って、本当に立て直したくなりますね。これ、いい質問ですよね。

荒れた学校を立て直す。

乙武　ずいぶん荒れてたんですね。

双雲　で、少しよくなったんだね。

乙武　教師ではなく、**生徒で立て直すのが自分の使命**というのは、ちょっとすごい。

双雲　普通の14歳だったら、なんでこの学校荒れてんだろう。俺、運が悪いな。こんな荒れた学校に入ってとか、先生たち何やってんだよみたいのが、普通なんだけど、自分なら何ができるかということに置き換えた時に……

乙武　むしろ転校したいと思いますよね。

双雲　普通はね。イヤだと思うだけだよね。

乙武　僕は、先生に働きかけて、授業として近くの幼稚園、保育園に行って、保育ボランティアをするという活動を取り入れてもらいたいです。

双雲　学生が行くんですね。

乙武　はい。僕、教員になる前は、新宿区の教育委員会の非常勤職員としていろいろな学校を見に行ったんですけれども、そういう課外活動とか、授業時間内とかで近くの保育園にボランティアに行っている学校があるんです。

中３ぐらいになると、結構いかつい兄ちゃんとか、茶髪の姉ちゃんとかいるんですけど、学校ではえらい悪ぶっていた子たちが、保育園行って、２、３歳の子どもをあやしていると、

「おお、よし、よし」なんて言ってるんですよ。それを単発じゃなくて、週に1回ずつぐらい続けていたら、結構立ち直っていくと思うんです。

自分よりも弱い、しかも2、3歳下という後輩じゃなくて、10歳以上離れた小さく弱きものをかわいいなと思う気持ち、いとおしいなと思う気持ち、守ってやりたいなと思う気持ち、それを週に1回取り戻せるというのは、自然と普段の生活の中でも、優しい気持ちになれたり、弱い者に対して守ってやらなきゃなという気持ちにつながっていったりするのかなと、僕はその活動を見て思ったんです。これは結構有効なんじゃないかなと思っています。

一番悪いやつを生徒会長に

双雲　もう一つの例として、沖縄の成人式。荒れていて、大人が何をやってもダメだったのに、当事者たち（荒れてる若者も含めて）に企画・運営をやらせたら、成功したそうなんです。

クラス対抗で改善具合を競争させたりとか、生徒主導で学校改善コンテストみたいな企画を練って、具体的な企画に落とし込めば、広がりやすいのかなと思います。一番グレているやつにリーダーを任せるとか。

危険かもしれないけれど。でも、一つやってみる価値はあるとは思う。

乙武　そういう意味では、双雲さんの今のアイデアをもっと過激にするなら、一番悪いやつに生徒会長を譲るとか。

双雲　権力を譲る。

乙武　うん。

双雲　それでこの子がその補佐をするみたいな。

乙武　うん。やる価値はあると思いますよ。

双雲　あと、以前、ニューヨークが荒れまくっていた時、当時のジュリアーニ市長が指揮を執って大幅に犯罪率が減ったんです。何をやったかというと、街中の落書きとゴミを消しただけだったそうなんです。というのは、心理学でいう「割れ窓理論」ですね。どんなきれいなところでも、小さな窓の割れを放置しておけば、それが徐々に広がるという。

だから、何か大きなことをドカンとやるよりも、**そういう小さなことをやっていくことのほうが大事**。

ルールを新しくつくるとか、挨拶をしっかりやるとか、掃除をやるとか。

最初はたぶん誰も響かないんだけれども、それを続けたら、いつの間にか全体に広がっているというふうになる。僕もそう信じたい。一個一個そうやって、細かいことをやっていく以外には、方法がない。一発で、ドン、直りました、クリーンになりましたというのはない。リバウンドも来るしね。やはり地道にまさるものなしですよね。

学校だったら1年ぐらいで一気に変わると思います。日本でもいっぱいあるじゃないですか、昔の『スクール・ウォーズ』じゃないけど、荒れた学校やチームが監督が代わったことで、全国優勝していくみたいな。

乙武　ああ、ラグビーのね。

双雲　だから、一人のビジョンと行動が地道に続けば、学校ぐらいの単位だったら、1年かからずにできるんじゃないか。ヤンキーがゼロになるかどうかはわからないけど、絶対にいい方向にはいきますからね。

第3章

親に愛される人、愛されない人

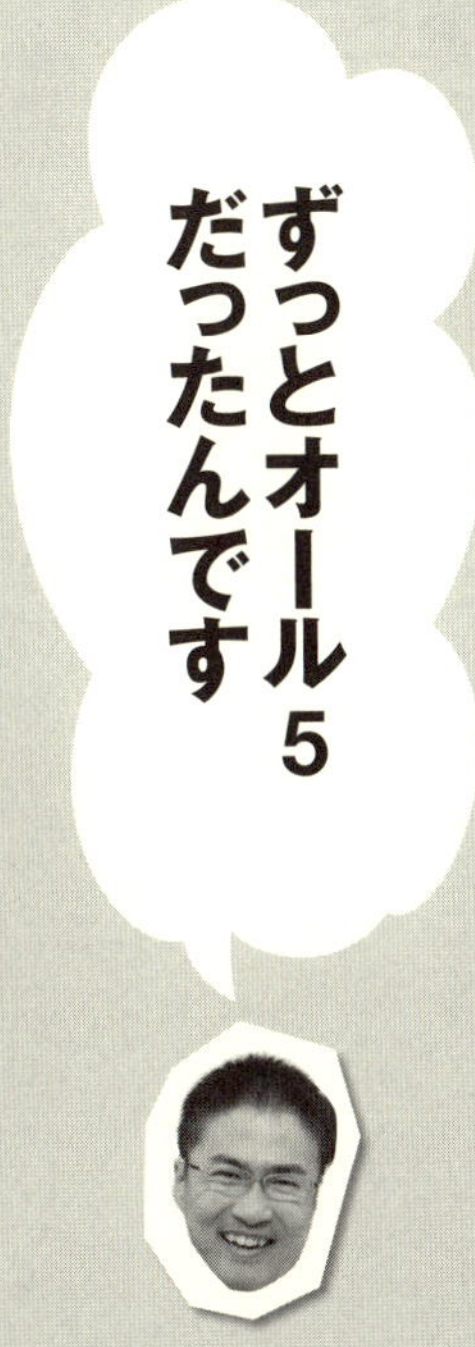
ずっとオール5
だったんです

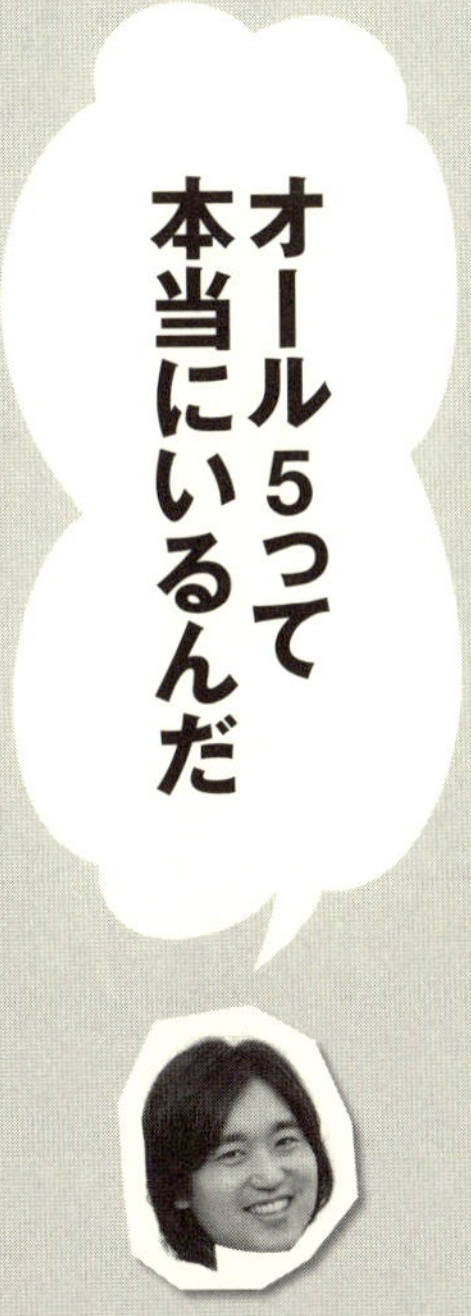
オール5って
本当にいるんだ

大ベストセラー『五体不満足』を出版後、ニュース番組のキャスター、スポーツライター、小学校教員など、活躍のフィールドを広げてきた乙武さん。2011年4月には東京・練馬に友人たちと保育園「まちの保育園」を開園。そのきっかけから、対談は再開しました。

一番大事なのは家庭

双雲　乙武さんが保育園を始めたのはどんなきっかけなの？

乙武　一番の動機は、自分が教員を3年間やらせていただいた中で一番感じた「家庭がしっかりしてないと学校でいくらどんな教育をしても限界がある」ということなんです。

双雲　乙武さんでも壁を感じた？

乙武　そうですね。どんなに学校で先生たちが頑張っていても、家庭が揺らいでしまっていると子どもはすぐに落ち着きを失って、学校でも急に様子が変わってきたりするんですよね。

具体的に言うと、お母さんっ子の男の子がいたんですが、ご家族が入院することになってしまったんです。今まで、「ただいま」と家に帰ると、いつもお母さんが「おかえり」と笑顔で迎えてくれていた。ところが家に帰っても誰もいないことがしばらく続いたら、彼がバランスを崩してしまった。勉強も手につかない、私語が止まらない、忘れ物も急に増える。いろんなことが起こってきた。

それはほんの一例で、子どもにとっていかに**家庭の影響が大きいか**ということは、いくつものケースを通して感じてきました。

双雲　わかりやすく態度に出るっていうことですよね。

乙武　そうなんですよね。本当に家庭って大事だなと思ったんです。そして多くの子どもを見ていて、フェアじゃないなと思ったんですね。

双雲　どういう意味で？

乙武　例えば僕もそうであったように、両親の仲がよくて子どもにもいっぱい愛を注いでいる家庭は、子どもも落ち着いて学習に取り組んだり、新しいことにチャレンジする意欲が生まれる。一方、例えば経済的余裕がなかったり、親自身が自分のことで精いっぱいだったりすると、もうそこからして違う。

双雲　余裕がないとやっぱり子どもを構えない。怒っちゃうことも多いよね。

乙武　家庭によっては、怒ることはある意味、親の思いがあるから怒ると思うんですよ。その子自身に愛された実感があるかは別として。ただ、なかには怒る余裕さえない、要は子どもに目が向いていない……

双雲　**無関心**っていうやつ。

乙武　ええ。そういう家庭もなかにはあるんですね。そうすると、やっぱり子どもは落ち着かないし、不安なんですよね。そうした状況に、僕はスタートラインが平等ではないと思ったんです。

双雲　全然平等じゃないですよね。

乙武　僕の著書『だいじょうぶ3組』にも書いたように、結果にまで平等を求めてしまうような教育には大反対なんですよ。でもスタートラインさえも平等じゃないというのはおかしいと思った。でも、現実には平等でないことが多い。

だとしたら、第一には家庭だけれど、実際には機能不全をきたしている家庭があることも考えれば、もっと町全体で、地域全体で子どもを育てていくという仕組みをつくっていかなければならないんじゃないかと考えるようになったんです。そんなことを考えていた時に、まさにそのようなコンセプトで保育園の開園準備をしてる人物と出会ったんです。

双雲　すげー。ビジョンが出会いを連れてくるって、僕はよく言うんですけど、まさにそれだよね。

乙武　ええ。彼が目指してる方向性、コンセプトと僕の考えがピタッとハマったので、一緒に関わらせてほしいと言ったんです。

双雲　教える側と家庭の距離が、壁がなくなっていくことを目的に始めたわけだ。
乙武　さらに、そこに町の人を巻き込んでいく。
双雲　そのために、保育園というのはちょうどよかった。
乙武　はい。

自己肯定感を子どもに育みたい

双雲　乙武さんが教員になられたきっかけも、子どもたちに対するよくない事件が多発している現状を憂えたからみたいなことを聞いたけど、なんでそこまで思えるのかなと。普通は「かわいそうだね」で終わっちゃうじゃないですか。ましてや、乙武さんの場合、教師にならなくてもいい立場の人。なぜそこまで思えるのかなってすごい不思議。思える人はいっぱいいるけどね。でも行動に移す人、ましてや通信制の大学に入り直して教員免許まで取って本当に学校の先生にまでなる人はいないよね。
　その行動力は本当にすごい。
乙武　**一言で表すなら、「恩返し」**だと思うんですよね。
　僕は自己肯定感を大切にしています。自分の自己肯定感を、両親であったり小学校時代の先生であったり、周りの友人に育んでもらって今の自分があるからこそ、今度は自分がその自己肯定感を子どもに育んであげることで恩返しをしていく番なのかなと。まあ、恩返しというよりは、「恩送り」なのかもしれませんが。

ですから、今は教育者として、2児の父として、子どもたちに自己肯定感を育んでいく。それが、自分がここまで育ててもらって、今こうして自分がいられることへの恩返しなのかなと思うんですよね。

双雲 乙武さんはいつも全国を飛び回ってるじゃないですか。子どもといる時間はそんなにとれないでしょ。ということは逆に言うと、物理的な時間のない忙しいお父さん、お母さんでも自己肯定感を育てられるという自信があるってことですね。

乙武 そうですね。

双雲 時間じゃない。もちろん時間はあればあったほうがいいかもしれないけど、時間のせいにはしないいってことですよね。

乙武 今日もこちらにお伺いするのに10時半に家を出てきたんですけど、朝7時に起きて子どもと一緒に朝ご飯を食べて、1時間ほど一緒に散歩に行ってきたんです。

双雲 散歩っていってもあれか。

乙武 車いすに乗って。だから、僕も子どもも一歩も歩かないですけど(笑)。

双雲 えっ、子どもは。

乙武　子どもは座席に乗っちゃうので……。

双雲　座席って、車いすのどこかに隠れてるの？

乙武　要は二人乗りです。ここ（座席の前部）に乗るわけです。

双雲　かわいい、超かわいい。散歩じゃないんだ。

乙武　なんていうんだろう。

双雲　ドライブだ。ドライブ、間違えた。それはドライブだ。

乙武　時速６キロのドライブ。

双雲　時速６キロのドライブ、めっちゃ景色ゆっくり〜。

乙武　ゆっくり〜。

双雲　忙しい中でも、しっかり物理的な時間もつくりつつだね。

乙武　あとは僕が、子どもが生まれた時から毎日のように続けてることなんですけど、「**お父さん、今日も大好きだよ**」って息子たちにハグしながら言ってるんですね。たまにね、「お父さん、それさっきも言ってたよ」って言われるんだけど、「いいの、お父さん何度でも言いたくなっちゃうの」って。

双雲　ちょっとクサいけどね。僕も妻と子どもには何回言ってもいい。「**大好き愛してる**」と。息子が「パパ好き」って、寝言で言った時は、もう泣いたけどね。よく過保護って言われるけど、でもそれは、過保護じゃない。愛の反対が憎しみだったのを、マザー・テレサが「無関心」と言ったじゃないですか。いわゆる「過保護」ってやつは、無関心だと思うんです。なぜかっていうと、過保護も放置もどっちとも無関心なんですよ。関心ってすごく実は深くて。僕は自分の子どもの教育で一番モットーにしてるのは関心なんですね。つまり、褒めようと叱ろうとそれはその人の方法だから、どれだけその人に興味があるかだと思うんですよ。本当に興味があれば絶対人間って変なことしないですよ。

でも過保護のお母さんって、この子への関心じゃなくて、自分に関心があるだけなんですよ。自分の思いに、自分のフィルターに関心があるだけで、この子のことは見てないですよね。この子が、本当はどこに行きたいのか、何がやりたいのか、どこに向かえばベストなのかっていう状況を見ている人は、過保護には絶対ならないんですよ。

乙武　僕は息子への関心が強すぎるくらいです(笑)。

双雲　乙武さんは毎日そういうふうに、子どもに対して「好きだよ」って言おうと決めているんですか。それとももう自然に出ちゃう?

乙武　どっちかな。自然にかな。

双雲　習慣になってきたんじゃない?　最初は意識してるけど。

乙武　そうそう、そのとおりです。生まれた頃はわりと意識してましたけど、今はもう自然に出てきますね。

双雲　僕も妻に最初言ってなかったんだけど、意識して、「きれいだね」とか「愛してるよ」とか、「本当にありがとうね」っていうことを**言い続けたら、本当にそう思えてくる**んですよ、人間って。だから最初はいきなり自然にいけなくても、意識的に言うしかないんじゃないですか。一言でも「すごいね」「好きだよ」って、なんでもいいよね。

逆に言葉じゃない場合は、態度で示す。抱きしめるとか、手紙を書くとか、ニコニコしてあげるとか、うんうんってうなずくとか。

乙武　それ間違えると気持ち悪いですけどね（笑）。

双雲　気持ち悪いよね（笑）。確かにうまいお母さんいますよ。うちの生徒さんでも、すでに自己肯定感を、ニコニコしながら笑顔だけで育てられる人もいるしね。

「ヒロ、今日も愛してるぜ」

乙武　双雲さんはご両親からどんなふうに愛されたんですか。

双雲　「うおー、おまえ天才か」っていうリアクションだけですね。書道では、母ちゃんはなかなか褒めないです。父ちゃんは人を褒める時は具体的に褒めるんですよ。母ちゃんは言葉で褒めるとかじゃなくて、存在そのものを肯定してくれてる。僕の存在を褒められてる感じがメッセージとして伝わってくる。
たぶん、乙武さんのお母さんもそうだと思う。もう十分普段の表情とか仕草で愛をちゃんと伝えてる。母親ってのはそれができるんですよ。父親ってそれが苦手だから。言葉とか行動とか一緒にじゃれ合うことでしか表現できない。
条件で褒めるタイプの親ではなかった。僕もそれは気をつけてる。できた時だけ褒めて、できない時はけなすってのは、できなかったらけなされるってなっちゃう。それってイヤなんだよね。「おまえ、すげーよ、勉強全然できなくていい」って僕いっつも言うんですけど。それでできたら、「でも、おまえ、本当はできるけどね」って。

乙武　うちの母はたぶん、双雲さんのお母さまと同じタイプです。

双雲　言葉にはしない。あんたすごいね、天才とかは言わない。

乙武　特に言葉はなかったけど、**存在を肯定してくれている**という感覚がいつもありました。

双雲　ブワーッてね、表情で出てるんだろうね。大好き、愛してるってメッセージがね。

乙武　逆に父はすごく感情の表現がとても上手。照れのない人でした。

双雲　お父さんって何をされてるんでしたっけ。

乙武　建築家です。

双雲　どんなタイプの？　寡黙？　明るい？

乙武　いや明るい人で、本当にキザな人でした。ガンで最後の7年間はずっと入退院を繰り返してたんですけど、ある年の母の誕生日にも父は入院をしてたんですね。母がそろそろお見舞いに行かなきゃと支度してたら、ピンポーンってチャイムが鳴って、ドアを開けたら父が立っていた。その手にはバラの花束を抱えていたんです。

双雲　かっこいい。

乙武　勝手に病院に外泊許可をとって帰ってきちゃった。母の誕生日だからって。

双雲　泣きそう。かっこいい。

乙武　当時50代ですよ。キザな男なんです。

双雲　すごい泣きそう。でもそれってガンの時でしょ。キザな花束、命懸けた花束。それがベスト。すごい花束だよね。それは。

乙武　朝とか起きてくると、「おはよう、良子。今日も愛してるぜ」みたいなこと言う親父だったので。

双雲　すごいね、僕らの親の世代って普通は亭主関白が主流じゃない？

乙武　本当ですよね。

双雲　でもそういう人って意外に気ぃ遣いだったりするんじゃないですか、会社とかで。

乙武　そうですね。だからか、部下からもすごく慕われていたみたいですね。

双雲　いやー慕われてるでしょ。珍しい人ですね。そういう人は。めったにいない。

乙武　だから僕に対してもすごく愛情表現が豊かでした。僕の場合、わりと年齢が上がっても親父に抱っこされる機会が多かったんです。要は、運ばれるという意味で。抱っこするともう顔と顔がこんな近くにあるわけじゃないですか。常にブチュブチュされてたし。毎朝のようにリビングに出てくると、**「ヒロ、今日も愛してるぜ」**なんて言ってくれてね。

双雲　聞けば聞くほど、スゲーな。

乙武　小学校5年生の時に、それまで成績がずっとオール5だったんですけど、理科だけが5から4に落ちた時があったんですよ。ほかの子にとってはそれでも十分いい成績だと思うんですけど、オール5をとり続けてきた身からすると、すごくショックで。

双雲　そんなショックあるんだ(笑)。

乙武　生まれて初めて通知票を親に見せるのがイヤだなって思ったんですよ。でも、持ち帰らないわけにもいかないし。

双雲　**オール5ってほんとにいるんだ。**

乙武　どんなことを言われるのかなって、ちょっと憂うつな気持ちで、父が通知票広げて見てるのを横目で見てたら、パタッと閉じて、「やっぱ、おまえはすげえな」って言ったんです。「俺がおまえの頃の通知票なんてアヒルしかいなかったよ」って。

アヒルって2のこと。きっと、そんなことはなかったと思うんですよ。だけど、あえて5から4に下がってしまった僕の気持ちをくみ取って、「おまえはすごいな」と自分を低めることによって、僕の自尊感情を傷つけないように配慮をしてくれたと思うんですよね。

あの頃の父親って、双雲さんが言ってたように、亭主関白で偉そうにしてないと自分を保てない人が多かったと思うんです。なのにうちの親父は本当に偉ぶるところがなくて、そうやって息子に対しても、自分を落としてでも僕を立ててくれる。それが本当に小5ながら、ものすごく感動して、親父がそうまで言ってくれてるんだから、絶対に**次回はオール5に戻してやろう**って気持ちになりましたね。あの場面は、一生忘れないと思う。

乙武家は悲壮感ゼロ

双雲　乙武さんの家庭の話聞いてて、僕も「すげー偏見を持っているな」と思ったのは、障害児のいる家庭って、もっとどっかで悲壮感がある感じがしたんですよ。なんとか幸せになってみせるとかね。逆に、無理して悲壮感がないように、明るく振る舞おうとか。

でも、乙武家は本当にない。悲壮感、ゼロですよね。無理してないですよね。僕もまだま だ偏見を持ってたな。障害を持って生まれた子は、なんとか幸せにしてあげようとか、無理しちゃうから余計悲壮感が強くなるんじゃないかな。ご両親は、なんにも感じてないんだと思うね。親が本当にこの子はすごいと思ってるんだと思う。マイナスではないですよね。なんかかわいそうとかさ、なんか申し訳ないっていう気持ちがないですよね。それすごいよな、やっぱ親だなー、親だなー。

乙武　確かに、そういう後ろ暗いところは皆無でした。

双雲　『五体不満足』の冒頭に書かれてた、お母さんが出産後、初めて乙武さんと対面した時に**「かわいい」**って言ったエピソードそのまんまですよね。

乙武　父に関しては、実はもう一つあって、これはもうかなりおっきくなってから、僕が19歳の時なんですけど……

双雲　あれ、『五体不満足』を出したのは？

乙武　本が出たのは、22歳の時です。僕は様々な価値観を持った人に触れたいとの思いから、どうしても早稲田大学に行きたかったんですね。ただ、数学がからっきしダメだったんで、文系の学部を5つ受けることにしたんです。政治経済学部、法学部、商学部、教育学部、社会科学部。でも、その5つを受けるとなると、テストが5日間連続になるんですよ。まあ、しんどい。しかも、僕はとにかく模試の成績がひどくて、最高でもE判定しか出たことがなかったんです。

双雲　オール5なのに。

乙武　高校時代から坂を転がり落ちるように。

双雲　まさに転落してたんだ。

乙武　だって数学なんて高校時代200点満点で7点とかありましたからね。

双雲　どんだけ落ちてんですか。オール5から。グレたんですか。

乙武　いや、部活に熱中してたら、勉強がおろそかになってしまって。

高3の時かな、数学のテストが返ってきたんですよ。そしたら鉛筆書きで右上に7って書いてあったんです。僕、出席番号が7番だったんで、それは出席番号だと思ったんです。点数はどこに書いてあるのかなと思って、パッと隣のやつの見たら、鉛筆書きで134とか書いてあって、んっんっ、おまえの出席番号……134、このクラス134人いない、こっち見たら168とか書いてあるんですよ。この7は、あっバツ、バツ、バツ、バツ、バツ、マル、バツ、バツ……「あっ、点数か」と思って。

双雲　人間ってあれか、勉強しないとそこまで落ちるんだ。

乙武　落ちるんですよね。オール5の子も。それでも、どうしても早稲田に行きたかったんです。現役の時は全部落ちて、浪人時代もE判定までにしかならなかった。けど、唯一教育学部だけは点数の配点が50点50点50点。僕、社会だけは得意だったんですよ。馬鹿な高校時代でも、学年で1番とるくらいできてたんです。

双雲　僕が嫌いだった社会。

乙武　社会、国語、英語の配点がおんなじ教育学部だけは、ちょっとまだ芽があったんですよ。それが初日だったんです。両親も教育学部だけはすごく期待をしてくれて、「初日が勝負だな」みたいな雰囲気だったんです。けど、なんと面白いことが起こるんですね。教育学部の国語のテスト中に、もよおしてしまったんです。トイレに行きたくなったんです。僕は一人でトイレに行くってことができないので、とにかく我慢をしてた。もう貧乏揺すりを高速で、**高橋名人かっていうぐらい**。

双雲　比喩が古いよ、ものさしでこうガーッてやつでしょ、古いな。

乙武　貧乏揺すりをしながらテストを受けなければいけなかったんで、もう集中力も何もなかったんですよ。家に帰って母親に「どうだった?」って聞かれて、「トイレに行きたくて集中できなかった」と話したんです。母は結構ドライな人間なので、「あらそう、また明日頑張ればいいじゃない」みたいな感じだったんです。

ただ、父はものすごく心配性というか、僕のことを溺愛してたので、後で聞いた話によると、「ヒロ、どうだった? 帰ってきたか?」と会社から電話かけてきてくれて、母から「トイレに行きたくなっちゃってダメだったらしいのよ」と聞いたら、会社にいるのに電話の向こうで泣いてたんですって。

双雲　なんでなんで?

乙武　「かわいそうだ」って。要は手足がある子だったら、トイレに行けたのにって。

双雲　そんな時にかわいそうって思うんだ。もっと早くかわいそうと思えばいいのに。遅いよ(笑)。

乙武　それで父が、会社から帰ってくる時に大人用のおむつを買ってきてくれたんです。

双雲　え？　試験中にそれをはけと。

乙武　はい。しかも、自分でわざわざその中で用をたしてみて、「なるほどこういう感覚か。おむつの中で用をたしても大丈夫だ。だから明日、ヒロにこれをはかしてやってくれ」って。

双雲　なんだそれ。

乙武　ちょっと、それ聞いた時には泣きましたね。

双雲　ちょっとすごいね。半端ないね。

乙武　父は、本当に愛情豊かな人でした。

双雲　半端ないですね、親父。母親もすごいけど、**なんだこの両親って感じだよね**。

乙武　僕は、親父っ子なんですよ。親父の話をしてるとね、ほら、今も泣きそうですもん。

親に愛されていない人はどうすればいいの？

双雲　もちろん親のほとんどが子どもを愛してるんでしょうけど、親の大半は愛情を伝えるのが下手ですよね。乙武さんのご両親は乙武さんへの愛情の伝え方がうまいっすよね。

乙武　気持ちを素直に出せるところはすごいと思います。出せない親がほとんどですから。

双雲　キャッチボールなんだろうね。だからいくらすごい球を投げても、キャッチャーが後ろ向いてたら捕れない。前を向いていればパシーンって捕って、またスパーンって投げて、キャッチボールができますよね。

僕ね、一つだけずっと気になってることがあるんです。僕らが大きく説得力を欠くっていうか。

乙武 なんでしょう?

双雲 僕らと違って、「親に愛されてない人はどうすればいいの」っていうこと。

乙武 なるほど、確かに。

双雲 ある程度愛されてないと、愛し方とか伝え方ってわかんないと思うんですよ。僕らが何を言っても机上の空論になっちゃう。

乙武 この前ハードルの為末大《ためすえだい》選手のツイートですごく突き刺さる言葉があったんです。彼はわりと哲学めいた言葉をボンと書くんですよ。この前「**短所があるから自分のことが嫌いになるのではない。自分のことを嫌いな人が自分の短所を探し出すのだ**」と書いてあって。

僕も双雲さんも、やっぱり完ぺきな人間ではないと思うんですよ。いろんな人から見たら、特に近しいそれぞれの奥さんから見たら、欠けてるとこもいっぱいあると思うんですよ。だけど、僕は僕のことが、双雲さんは双雲さんのことが、大好き。だから、あまりその欠点が気にならない。「まあ、いいじゃん、それも含めて人間でしょ」って、なんか言い訳じゃないんですけど、思えてると思うんです。でも、僕が乙武洋匡のことを嫌いだったら、双雲さんが武田双雲のことを嫌いだったら、自分の足りてない部分や欠点が気になってくる。だから、為末君の言葉は本当に核心を突いてると思うんです。でもさらにもっと核心を突いてたのが、それに対するフォロワーさんの返しでした。

「僕たちはそんな言葉を聞きたいんじゃないんです。**自分のことを嫌いな人はどうすればいいのか**を聞きたいんです」って。

双雲　僕も読みました。為末さんは「特効薬はない」って返事してた。

乙武　そうなんですよ。残酷に聞こえるかもしれませんが、特効薬はないんです。

双雲　でも一つ希望は、特効薬はないけど、時間をかければ愛は育てられる。僕はここに確信を持っていて、親に愛されなくても、愛を発見できる鍵はどこにもある。

僕の生徒さんにも親から虐待を受けてた人がいるんだけど、今は立派に人を愛することができてるんで、別に親じゃなくても、補うことはできる。もちろん自分でも補える。自分の言葉、自分に対する声がけとか。僕はだから口癖をかなり本とかブログでも提唱していて、日々ちっちゃいガッツポーズをするとか、自分のいいところを発見して書くとか。それをやるだけで十分愛は育つって言ってます。

日々の習慣で自分のいいところを見つけていって、許してあげることをひたすら言葉と行動に移していくことで愛は育つと僕は確信してるんです。逆に「特効薬はないけど、じわじわ効くよ」ってことは、たぶん為末さんも言ってると思いますけどね。

書道教室や講演会で、お母さんたちに伝えるのは、「1年2年で何かを変えるのは難しい」ってこと。うちの母がよく口にしてました、「10年待って。子どもを育てるのに最低でも10年は見なきゃいけない」って。ちょっとの期間で全部を変えたいなんてエゴだからって母が言ってました。時間をかけてやるほうがいいですよ、なんでも。自分で育てられるっていうこと。僕らっていくら愛に恵まれてたって、生きてれば逆境はいっぱいありますからね。

乙武さんはなぜ逆境に強いのか聞いてみたら、「逆境の時こそ自分を愛してた」んですって。自分をめでるっていうか、自分を大切にする。自分を愛せない人は人を愛せないですもんね、どうやったって。

ただ、子どもに対してはやっぱり難しい。僕の子ども教室でも心残りがいっぱいあります。

以前ショックだったのが、アヤカちゃんっていう、ちょっとふてくされた女の子がいたんですが、卒業する時に「すごい傷ついたんだよ」って言われたんです。鉛筆で「あいうえお」を一生懸命に書いた時、きっと褒めてくれるんじゃないかと期待して僕に見せた。でも、僕はちらっと見て、「すごいじゃん」ってすぐに返したらしいんです。

「もっとじっくり見てほしかった」って卒業する時に言われて。「すごい傷ついたんだよ」って。全員に意識を向けるってね、本当に難しい。

だいたいそういう時って僕も楽しめてないですよ。僕が心から楽しんでる時はだいたいうまくいってる、すべてが。自分がどれだけ楽しめてるかだと思うんです。楽しめてれば意識を向けられるし、愛情も注げると思います。

以前、FUNKISTというバンドと「1/6900000000」という歌を一緒に出したんですね。ボーカルの染谷《そめや》西郷《さいごう》君はハーフで、お母さんが白人系の南アフリカ人なんですよ。アパルトヘイト（人種隔離）という政策をしていた国ですから、日本人であるお父さんと逃げるようにして日本に来たという歴史があったり、彼自身ハーフだってことですごく壮絶ないじめにあってきたりという経験を積んできているので、やっぱり発してるものがそこは違うんです。

僕が作詞をさせてもらったんですけど、そのバックボーンを意識して、暗いイメージから書き始めたんですよ。

「誰にも認められず、孤独な暗い道を歩いて行った時に、ある時出会いがあって、ようやく自分の生きてる意味とか、自分がこの世に存在していてもいいんだと思えるようになったよ」

そういう歌なんです。それは人との出会いかもしれないし、染谷君で言えば、音楽との出会いだったり、何かと出会うことで必ず自分は、「ああ、生まれてきてよかった、誰かとつながれた、あるものとつながれた」という感覚を持てる時が必ず来る。だから、それまで自分で歩みを止めないで、歩き続けてほしいというメッセージを込めたんですよね。

それがまさしく、為末大さんのおっしゃった「特効薬はない」かもしれないけど、ちょっとずつちょっとずつ歩みを進めていくことで、いつか自分を認めてくれる、わかってくれる存在と出会えるんだというメッセージを、僕はあの曲に込めたんですよね。

どんな人でも、どんな形であれ、自己肯定感を得られる手段だったり、出会いがある。

僕はそう信じているし、皆さんもそうあってくれたらいいなと思いますね。

タケタケへの質問状

「親に愛されていない人はどうしたらいいの」
対談の中で湧いた疑問の核心を突くような質問が寄せられました。
「自分の子どもを愛せるのか」――大難題に出した答えは?

Q

子どもを持つことに不安を感じています。自分の子どもはかわいいと言われますが、親・兄弟すら愛せない自分が自分の子どもを愛することができるのか。産んで、もし愛せなかったらと思うと恐くて仕方がありません。パートナーは子どもを望んでいます。愛する人に子どもを見せてあげたい……けど自分は自分の子どもを愛することができるのか。子どもに対する愛情とは、一体どんなことなのでしょうか。

29歳　女性　無職
自分の役割……パートナーを笑わせること。
自分は前向きな性格だと思う……NO
自分は親に愛されて育ってきた……NO

乙武　僕の妻がまさにこれだったんですよ。「親兄弟すら愛せない自分」という以外は、まさに４年半前の妻から寄せられた質問かというぐらい。
双雲　不安だったということね。
乙武　うーん。
双雲　子どもを産むことが。
乙武　みんなは「自分が産んだ子はかわいいわよ」と言うけど、自分はそうは思えないし、もともと子どもも好きじゃないし、産んだところで自分の子どもをきちんと愛せるかわからない、と。不安だというのは常に言っていたし、お腹が大きくなってからも言ってましたね。
双雲　で、その後どうなったんですか？
乙武　ものすごく愛を注いでいます。僕を邪険にするぐらい（笑）。
双雲　結果として夫がいらなくなるぐらい子どもを愛するようになった（笑）。
乙武　ただ、僕は気休めを言うつもりはないので、「自分の子どもを愛することができるのか」という問いに対して、「正直、僕もわかりません」としか言えない。うちの妻はたまたま同じような不安を抱えて、たまたま愛せているけれども、だからあなたもきっと愛せますよという、無責任なことは言えないです。

でも、同じような悩みを抱えていた妻が、**今はとても子どもを愛している**ということは、事例としてお伝えしておきます。

双雲　最高の事例としてね。

乙武　子どもに対する愛情とは？　って考えたら難しい。

双雲　僕も子どもが生まれる前に、愛することができるのかどうかと考えたら、不安になってしょうがなかったかもしれない。

乙武　ああ、逆にね。

双雲　わからないですよね。

乙武　そんなこと、普通は思わない人のほうが多いんじゃないかな。

双雲　思っている人に、思うなって、無理だけど。産めとも言えないもんね。

乙武　うん。

双雲　でも、産むなとも言えないから、僕もわかりませんと言うしかないけれど。でも、パートナーのことを愛しているのは、かなり望みがあって、二人がそれだけ仲がよければ、協力して一つの困難を乗り越えられそうな気がするから。

そのパートナーとの子どもだったらいけるんちゃう？　というのが、僕の本音です。

産んでほしいというのが、僕の本音です。

第4章

目立つと批判される法則

批判ってすごく
不思議だな

100通よりも
1通ですよね

目立つがゆえに、批判の矢面に立たされることが多いお二人。どのように多くの声に対応してきたのか。まずはツイッターの話題から、語っていただきました。

手足がないことよりも……

双雲　子どもの頃から「空気が読めた」って乙武さん、言いましたけど、ツイッターではあんまり空気読んでない感じですよね。

乙武　ええ。結構ツイッターでも、フォロワーの方から寄せられる質問に対する僕の回答が冷たいと言う方が多いんです。『オトことば。』という本にもまとめましたけど、「そんなこと言うなんて乙武さんじゃない」みたいなことはよく言われますね。

双雲　乙武さん、ツイッターでかなりきわどいこととか言ってて、後で「失敗したなぁ」とか、思うことはないんですか？

乙武　うん、ないですね。他人が求めている答えではなく、やっぱり自分の思いを発信していきたいという信念でやっているので。

双雲　ない？　そう言えるってすごいですよね。

乙武　反感を買われているのはわかるんですよ。けれども、「ああいうことを言わなきゃよかった」とか、そういう後悔はないですね。

双雲　マジすごい。「ない」って言いきるからね。

乙武　はい。ないですね。

双雲　そこすごいですよね。キャラですよ。お母さんの影響なのか、生まれつきのＤＮＡなのか。ある意味、**乙武さんって、何かが欠けていると思うんですよ。**ネジとか回路とか。きっとどこか一本はずれちゃったんですよね。

乙武　恥ずかしがるとか、後悔するとか、あるべき回路がない。きっと手足の中にあったんです。大事な回路が。

双雲　手足がないことだって一回も負い目に感じたことがないんでしょう。それがすごい。

乙武　うーん。ある意味、手足がないことよりも、そっちが障害かもしれないです（笑）。

双雲　そうなのか（笑）。

本当は僕のこと、疑ってるんじゃないか

双雲　人間って、ある意味ヒーローというか、完全無欠の人間を欲する部分があると思うんですね。乙武さんに自分のヒーロー像みたいなものを重ねている人が多いと思うんですよ。

乙武　僕がヒーロー？

双雲　はい。乙武さんはそう思っていないところがある意味不幸かなと。「手足がない人がここまでできる」と思っている人って多い。だから、頭の中で勝手な乙武洋匡像が出来上がる。存在が強烈だから、ある意味、あこがれですよね。ああいうふうに前向きになりたい。堂々と恥じずに生きたいというのは、人間の理想。乙武さんはそこをもう体現できている人だから。だから、思った反応と違うと、「俺が思う乙武じゃない」というリアクションが、普通の人より大きい。

乙武　ツイッターだとエロトークしたり、障害ネタやったりしてますからね。『五体不満足』のイメージを持たれている方には、そう思われるのもわかります。ただ、ツイッターをやるようになって、僕のそういう部分を少しずつわかっていただけるようになってきたかなって。

エロネタを振られることも多いし、**障害ネタ**も一斉に突っ込みツイートが来たり。

双雲　ようやく伝わってきたんじゃないですか。乙武さんが、もともとそういう人だということが。エロネタや障害ネタに限らず、無理にポジティブにしてるわけじゃないとか、無理に強がっているわけじゃないということがわかったんじゃないかな。

乙武　そうかもしれないですね。

双雲　それが認知されれば楽じゃないですか。この人はこういう人だと思われれば、批判も受けない。でも、どこかで「乙武さんは、私と同じに弱さを持っているんじゃないか」とか思っている人たちが、乙武さんに相談するじゃないですか。その時、「どうしてこんなに後ろ向きなの」と思いませんか？

乙武　確かにそれはありますね。質問によっては、なんで僕に聞くんだろうというものも多い。人に委ねて、そのとおりにするぐらいなら、本当にどうにかしたいと思っていないんじゃないのかなと。

そもそも僕が**人生で誰にも何かを相談したことがない人間**なので。だから、妻にも教員になるとか、保育園やるとか、結構大きな決断も、一応僕の中では相談しているつもりなんですが、彼女には、「相談じゃなくて報告でしょ。心の中で決まっているんでしょ」と言われるぐらい。誰かに相談することがないんです。

多くの方から相談を受けるんですけど、いまいち、親身になれないわけじゃないんですけど、相談する人の気持ちがわからないという部分はある。

双雲　必ずしも、相談に対して親身になることがベストじゃないと思うんです。違う方向からガツンと言われたほうが効く時もあるし、共感してわかると言ったほうが効くこともある。乙武さんみたいにガツンとハナから本質を言って、「その質問の意味がわからない」と言ったほうがいいこともよくある。

乙武　ツイッターで、受験生の男の子が、「志望校に向けて今頑張っているんですけれども、ラストスパートの大事なこの時期に、いまいちやる気が出ません。どうしたらいいでしょうか」と質問してきたので、僕が「そこまでして行きたい大学じゃないんじゃない？」と返したんですよ。そうしたら、フォロワーさんから非難ごうごうで、「それはないよ」「もっと言い方があるんじゃないか」みたいなことをいっぱい言われたんです。

でも、その本人は、「今の乙武さんのツイートで目が覚めました。僕はやっぱり、どうしても第一志望の大学に行きたいと、今再確認できました。これから1ヶ月間、僕はツイッターを閉じて、勉強に専念します」と言ってくれたんです。

双雲　おぉ、素晴らしい。それで結果は？

乙武　その1ヶ月後に「あの時、相談した者です。おかげさまで第一志望の大学に受かりました。あの時は本当にありがとうございます」と。僕がツイッターを始めて、一番うれしかったやりとりです。猫なで声で「大丈夫？」と言うんじゃなくて、あえてスパンと返すことが相手のためになることもある。双雲さんが言ったとおり、いろいろなケースがありますね。

双雲　それが１００％じゃないですもんね。

乙武　そう、そう。自分のスタイルでしかできないし、人から見たら冷たいかもしれないけど、きちんとその子には届いたんだなというのは、すごくうれしかったです。

　双雲さんはそういう批判とかはありますか？

双雲　ツイッターってわけじゃないんですが、書道家になって6、7年くらいたって僕が世の中に知られるようになってきた時に、**世間から大バッシングされたんです。**「あんなもの書道じゃない」「パフォーマンスばかりだ」みたいな。それでもね、やっぱり生徒さんと妻の存在だけで十分立てたもん、倒れないもんね。

　生徒さんたちに掃きだめみたいなメールを見せたんですよ。うさんくさいとか、詐欺師だとか書かれてるわけ。みんなは真に受けちゃうかなとか、恐る恐る。僕も自信があったわけじゃなくて、「生徒さんも本当は僕のことどっかで疑ってるんじゃないか」とか恐れていた。

乙武　その時の生徒さんの反応は？

双雲　「うわっこれキモーい」って言ったんですよ。「何言ってんの先生、いいよこんなの相手にしなくて」っていうリアクション。なんかそれを聞いてフーって抜けた気がしたんです。キモいとかね、そういう言葉いけないのかもしんないけど、僕の正直な気持ちを代弁してくれて、すっごいそれで楽になれた。

担任の先生のほうが字がうまい

乙武　批判ってすごく不思議だな、強い言葉だなと思うのは、例えば10通自分を褒めそやすメールが来るよりも1通の批判メールが来たほうが、ずーっとそれが気にかかる。

双雲　**100通よりも1通**ですよね。

乙武　そうですね。

双雲　100通めっちゃうれしいメールが来ても、1通の批判メールがずーっと小骨のように刺さっている。たぶんあれね、批判の言葉と褒める言葉ってまったくタイプの違う波長じゃないかと。褒める言葉はたぶん穏やかに包み込んで、フワーッて消えて流れていくものなんです。愛とか共感とかね。

批判的な言葉って槍《やり》や小骨みたいなもんでまったく質が違う。だから、別に100通の褒め言葉を忘れてるわけじゃなくて、刺激がないので体の中にジワーッと染み渡ってる感じかな。批判はね、ほんとに直接刺してくるんで、脳の中でそっちに意識が向く。敵に対する本能ですね。だから性質が違うんじゃないかな。

でも、肯定とか感動の声っていうのは、ずーっと染み込んでいっていると思う。ポターン

ポターンって潜在意識の中に。その1通を忘れたくないね。

乙武　批判はその時に刺さっただけじゃなくて、その時の鉄砲玉がずっと体内に残っちゃってるということだと思うんですよね。

双雲　例えばさ、僕がすごい太ってることを気にしてる男だとして（ちょっと気にしてるんだけど）、「ガリガリ」「モヤシ野郎」ってどんだけ言われても傷つかないじゃないですか。それと一緒でたぶん、気にしてなければなんにも刺さらない。刺さってるってことは図星だってことなんですよね。

乙武　効いてるんでしょうね。

双雲　どっかで気にしてるんですよ、絶対。じゃないと突き刺さりようがないじゃないですか。僕が、「字が下手だ」って言われた時は、どっかで自分が字が下手だと思ってたから、刺さったんですよね。でも一番グラグラしたのは、いっちゃんという最初に教室に入ってきた子に、「**先生、思ったより下手**」って言われた時。ずーっと1ヶ月ぐらい刺さりっぱなし。そのおかげで超練習したけどね。

乙武　いっちゃんは、何年生ですか？

双雲　そん時小学1年生だった。「担任の先生のほうが字がうまい」とか言って、すっげーショックだったよね。

乙武　それキツイっすね。

双雲　あれは一番効いたかな。いっちゃんに腹立ったもんね、そん時は。弱いんだよね、「俺、なんで小学1年生にムカついてるんだよ」って。自分が弱かった。

今でも書道教室の子どもたちが冗談で言うわけ、「先生、下手じゃん」とか。もう大丈夫。もう「かわいいな、おまえ」って言えるんだよね。

乙武　もう自信がついているからですね。

双雲　そうかもしれない。駆け出しの頃は、練習量が足りなくて、ほんとに実力もなかったんですよ。字も下手だった。わかってたんです。自分も言われて傷ついたおかげでいろいろ考えて、ワークショップを思いついたんです。

僕より字がうまい人はいっぱいいる。なら、**僕はもっと楽しませる**。あるいは書道を通して人生を語るとか、今までと違うことができるんじゃないか。そんなアイデアがどんどん出てきた。

今思うとそういう辛らつな言葉のおかげで、笑いだらけの書道教室だったり、テレビの『世界一受けたい授業』だったり、本を20冊以上出させていただいたり。そういう新しい書道家の形につながっているのだと思う。

批判の言葉を受けると、その後ってめちゃめちゃ成長してますよね。ドラゴンボールで言うと、なんか一気にスカウターの数値が上がってる。批判されて悔しいと思った後の成長ぶりは、たぶん何十倍だと思いますよね。

おまえはどうせ「客寄せパンダ」だ

乙武　僕はやっぱり大学を卒業してスポーツライターという職に就いた時かな。世間的な批判の数で言えば『五体不満足』直後のほうが多かったですけど、このころの批判のほうが僕には効いた気がする。スポーツライターになって、まず一番最初は雑誌『Ｎｕｍｂｅｒ』で連載を持たせていただいたんです。スポーツライティングの世界で『Ｎｕｍｂｅｒ』は最高峰。しかもいきなり連載を持つというのは、サッカー始めたての少年がいきなり日本代表に選ばれるみたいな。

双雲　おいおいおいってね。何やってんだってね。

乙武　そういう感じなので、当然同業者、例えばサッカーをそれまで何年も取材してきた方からは、「なんでこんな小僧が代表に選ばれるんだ」という感覚になると思うんですよね。だから、「おまえはどうせ『五体不満足』著者の……っていう肩書でもらった仕事だろう」「**客寄せパンダにすぎない**」とか、いろんなことを言われました。

その時はもちろん悔しかったけど、「まあ、そのとおりだな」と思ったんですよね。僕が逆の立場だったら同じこと思うだろうなって。

双雲　そん時の気持ちは？　いわゆるバーッて批判が来た時は、やっぱめっちゃ悔しい？

乙武　悔しいですね。

双雲　もちろん自信もないですよね。

乙武　ないっす、ないっす。

双雲　そん時なんで倒れなかったんだろう。やっぱやめようとかさ。「うわっこんな怖い世界だったんだ」とかって現実を知らされるわけじゃないですか。「本当にこの世界でやっていけるかな」と、くじける人も多いと思うんですよ。その現実の重さに。

乙武　やっぱり負けん気の強さでしょうね。少年時代から通じる。

双雲　なにくそ根性みたいな。

乙武　やっぱり「この人たちを見返してやりたい」という思いがあったんで。書いてる記事で見返すしかないと思ったんですよね。

双雲　そう思えたら、僕もよかったな。まったくなかった、なにくそ根性は。なんとか受け入れようとしてた。ほんとは嘘のくせに、そんな器ないくせに、受け入れよう受け入れようなんて。「見返りでこの人たちをまた幸せにしよう」なんて言ってたから。そんなに器でかくないのにね。でも今でも、負けん気って出てこないんですよ。逆に誰もやってないほうに行って、みんなを傷つけないようにって。

この前、タレントの清水ミチコさんにお会いした時に、「人に嫌われるの怖いんですよ」

って、いつものように冗談で言ったんですよ。そしたら、「全然怖くないじゃん、そして別に嫌われてないし。**そんなに人って嫌いになったりしない**でしょ」って言われて。

その一言でなんか、「なんで俺、こんなに人に嫌われるのが怖かったんだろうな」って思って。

乙武　なるほどねえ。僕の場合は、とにかく勝ち気だし、負けたくないという気持ちは強いので、逆にそれが自分をここまで伸ばしてきてくれたんだろうなとは思うんですけどね。

双雲　そうですよね。だから乙武さんの負けん気をいい方向に伸ばしてくれてる。さわやかな、なんかギラギラしてないほうに。人に嫌われたくないってのも曲がるとよくない。ちょっと気持ち悪い、偽善者っぽい感じで、痛々しくなるんだけど。

それも育てていけば、嫌われたくないとか人に好かれたいというよくないイメージも、気持ちいい感じになれるかもしれない。乙武さんの負けん気って、誰にもイヤな思いをさせないっていうか、人をおとしめようとしているようにも見えないし。

乙武　他人から攻撃された時ということで言うと、必ず、僕、逆の立場に立つようにしてるんですね。スポーツライター時代も、「客寄せパンダ」と言われた時は、しんどいし、傷つきましたけど、逆の立場だったら、どう思うかなって考えたんです。

つまり、僕が一生懸命スポーツライターとしてコツコツやってきて、何か、ぽっと出の、ちょっと本の売れた大学生がいきなり連載をもらって、オリンピックに取材に行かせてもらえたりしたら、どう思うかなって。相手の立場に立つと、僕のことをやっぱりムカつくだろうなって思えたんです。

双雲　僕も、それ、まったく同じこと考えた。今はたまたまうまくいってるけど、書道家として全然花が咲かない時に、僕より若いやつがぽっと出てきて、何やかやみんなから絶賛されてたら、僕もそいつのことを絶対批判するだろうなと思ってました。「**もし、俺みたいなやつが出たら、ムカつきますよ、普通**」って言って。

乙武　じゃあ、そういう立場になった時に、どうなったらムカつかなくなるかと考えたら、双雲さんで言えば書であり、僕で言えば記事を、批判する人たちにも納得してもらえるように質を上げていくしかないという答えに行き着いたんですよね。

双雲　全員が納得するのは無理かもしれないけど、クオリティーを上げていく、改善を重ねていくしか道がなくなっちゃったわけですよ。ある意味、ほかに道がないんですよね。

乙武　そう考えるとね、最初はやっぱりムカつくし、傷つくんですけど、今になって思うと、**やっぱり、感謝なんです**よ。

僕自身、そんなに自分に厳しくできるタイプの人間ではない。やっぱり甘ちゃんなんですよ。だから、こういうことを言われて、悔しい思いをしたからこそ、死に物狂いでライター時代、やれたと思うんです。だから、今になって思うと、感謝してます。

双雲　大人になってわかったことは、何をやっても批判する人はいるってこと。

目立つだけでムカつく人もいるし、幸せそうだってムカつく人もいる。

だから、**批判されてもブレない強さ**がやっぱり目立つ立場にいる人には必要でしょうね。

結構、場数ですよ、批判は。ここに進むんだっていう決意がないと無理。何か、夢や、目標や、志がないと、批判には耐えられないです。絶対進むんだという覚悟、何があってもここだけは譲れないっていう信念とかビジョンがないと。

だって、批判に耐える必要がないから。

乙武さんもたぶん、そうだと思うけど、折れない理由がある。ムカつくけどね、言われたら。でも、批判に折れる以上に強い信念があるっていうことじゃないですか。だから、批判をどうしようかなんて考える前に、強い信念を持つっていうことが先じゃないですかね。

気にしてたんだよね。なんか、僕、みんなに好かれたい人だと思うんですよ。誰も傷つけたくないし、みんなにハッピーになってほしいっていう心もある分、誰にも嫌われたくない、みんなに好かれたいっていう弱い気持ちも同時にある。

最近それでいいかなと思えるようになった。そういうキャラをちょっと通してみたら意外にいけるんじゃないかと。もちろん、それでも嫌われることもあるけど、貫き通そうかと思って。

乙武さんみたいになれないもん。やっぱりタイプの違いかな。「なにくそ」っていう言葉は出てこない。ちなみにうちの妻は、なにくそ根性。「絶対負けない」とか言う。「誰に？」って言ったら、「いや、わかんないけど絶対負けない」。

僕、成功した人や目立った人がバッシングされるっていうことも知らなかったんですよ。すごい天然で来たので、20代。ちょっと、イタタでしょう。だから、最初にバッシングされた時びっくりして、すごい落ち込んで。

だからって、じゃあ書道家やめるのかっていったら、やめたい以上にやりたいことがまだまだあったんです。自信ないし、たたかれ続けるのも嫌だけど、やりたいことのほうが勝った。結局、たたかれないぐらいの実力をつけるしかない。だから、たたかれたことで、すごい信念が生まれ、すげー頑張れたっていうのがある。

それで、腰が座ったんですね。これ危機感じゃないですか。「やべ、俺、やっぱ、もともとダメだったんだ」とか、やっちゃったみたいな感じだったんです。調子乗っちゃったみたいな。すごい反省しましたよ。だから頑張れたのかなと思います。

この前、矢沢永吉さんのライブに行ったんですよ。曲ももちろん素晴らしかったんですけど、合間合間のMCが心に響くんです。なかでも一番、印象的だったのは、若い頃は、とにかくファンの人たちの声に耳を傾けて、「永ちゃん、右向いて。もっと右向いて。ああ、すてき、その角度」と言われて、右ばっかり向いてたんですって。そしたら、そのうち「その角度しか向けないのか」と批判する人が出てくる。つまり、他人の声に左右された結果を批判されたら何も面白くない。自分がこうだと決めた角度でやっていかないと、批判された時に納得できないと言われてたんですね。

僕も、実は同じような経験したことがあるんです。『五体不満足』を出してすぐなんですが、回転寿司を食べていたら、向こうの席の人たちがひそひそ話をしてるのが聞こえてきた。「あれ、『五体不満足』を書いた人じゃない？　印税あんなにいっぱい入ったのに、なんで回転寿司なんかに来るの」みたいことを言ってるのが聞こえてきたんですよ。

その1ヶ月後に、今度は出版社の方に、すごく高いお寿司屋さんに連れてっていただいたんですね。そしたら、その時は、「なんだよ、あいつ。まだ学生のくせに、ちょっと本が売れたからって、こんな高い寿司屋に来て」みたいな。「どうしたらええっちゅうねん」という感じでしょう。

もう、自分で握ろうかと思ったけど、握る手もないしみたいな（笑）。

その経験と永ちゃんの言葉がリンクして、右向いたって左向いたって批判する人はいるんだから、

自分が納得した道で進んでいくしかないなと思ったんですね。気を配ることは大事だけど、気にしすぎて他人に道を決められちゃうと、批判を受けた時によろめいちゃう。「オレはこう行くんだ」と自分で決めた道なら、批判されても揺らがずにいられますからね。

タケタケへの質問状

批判について熱く語っていただいた後にふさわしい質問をぶつけました。
ツイッターに寄せられた厳しい声に、時に自ら火をつける回答をする乙武さん。
そのストレートさには双雲さんも感じるところがあったようです。

22歳　女性　会社員
自分の役割……誰にでも役割はあると思う。具体的なものを探しながら生きていくのだと思う。
自分は前向きな性格だと思う……YES
自分は親に愛されて育ってきた……YES

Q ツイッターで批判が来ても、時に毅然と、時に優しく対応されているお二人に質問させてください。
どうしたら、相手への思いやりを持ちながら、自分の意思を伝えることができるのでしょう。

双雲　乙武さん、ツイッター見る限りでは、そのまま考えずに出していますよね。

乙武　ツイッターでは、わりとそういうところありますね。

双雲　悩んだら書けない言葉が多いですよね。これはどっちかなという時は、普通ノーが出るじゃないですか。

乙武　僕はスパンと行きますからね。

双雲　書いている、そのまま。

乙武　事務所にも、「これ書いていいかな」とか確認したことないですからね。スタッフも後で見て、苦笑い。

双雲　乙武さんのイメージも、僕のイメージも、きちんとは世間の人に伝わっていないと思うんですよ。人間としての粗雑な部分とか、冷たい部分とか、きつい部分とかは。特に乙武さんは、イメージがいいじゃないですか。まっすぐで、まじめで、清楚で、誠実で、寛容で、穏やかでというところがあるから、何かのきっかけで、イメージと違う部分に触れると「エー！」と思われるんですよね。

乙武　泉谷しげるさんと僕らは対局ですよね。

双雲　確かにね。

乙武　泉谷さんなんか、普段、「うるせえ、バカ野郎、この野郎」と言っていて、被災地を訪問したら、「泉谷さん、超いい人だった」ってなるじゃないですか。オイシイですよね。

双雲　泉谷じぃ、オイシイんだよな。何言ってもプラスになるでしょ。言い方で。イメージが悪いから、ちょっとでも礼儀正しくしただけで、すごい人だってなる。僕たちがちょっとでも挨拶しなかったら、「何あれ？　あんな人なの」みたいな。

乙武　テレビと全然違う。イヤな人って言われる。

双雲　人間みんなダメな部分、いっぱい持っているんじゃないですか。でも気にしない。しょうがない。そう思うことが大切ですね。

乙武　批判されたとしても……

双雲　あれ？　質問の答えになってないね。

乙武　気にしなければ伝わるってことで！（笑）。

第5章

苦手なことが見つからない

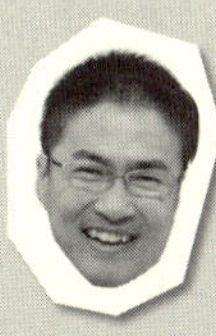
「負けること」が
苦手なんです

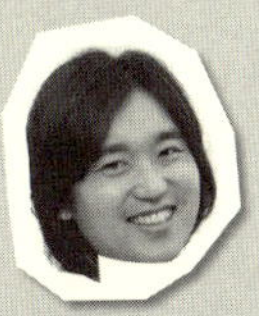
僕、苦手なもの
だらけなんです

自信に満ちあふれ、苦手なものがないという乙武さん。
書道以外のことは苦手だらけという双雲さん。
楽しいエピソードがどんどん飛び出しました。

バイト3回クビになった

乙武　双雲さんのことをご両親はどうして天才だと？　書道では褒めなかったんですよね。

双雲　自分ではわからないです。ダメなところだらけなのに、なんで天才？　って。

乙武　どんなところがダメだと思うんですか。

双雲　いっぱいあるけど、例えば、バイトを3回もクビになっているんですよ。初めてバイトしたのが郵便局の仕分けの仕事。昔から字が好きだから、ハガキに書かれている文字を1枚1枚見ちゃう。「すげぇ味がある字だなぁ」とか「面白いバランスだ」とか感動してずーっと見ちゃう。「この字、すごくないですか」と言って周りで一生懸命仕分けをしている人たちに見せていたら「邪魔するな」ってすぐにクビ。

本当に僕みたいな人間って、役割を間違えられるとなんの役にも立たない。今でこそ、僕はたまたま武田双雲っていう役割があって、そこに置かれるとすごく輝く人間なんだけれども、それ以外だとどうも邪魔でしかないんですよ。郵便局にいたら、周りからしたら、僕なんてもうイライラさせられる存在でしかないわけですよ。

乙武　字が好きで見入っちゃうなんて、書道家らしい素敵なエピソードだと思うけど。

双雲　あとは、塾の講師もすぐクビになったんです。こんな人間、もうくずじゃないですか。

乙武　塾の講師はなんでクビになっちゃったの？　双雲さんなら人気出そうですけど。

双雲　エリートを育てるすごい進学塾だったんですけど、こっそり生徒さんたちに言ってたんですよ、**「あのー、勉強なんかしなくても全然大丈夫ですから、人生」**とか。それが親にバレて、塾長にバレて。次の日に塾に行ったら、別の先生の名札があったんですよ。「あれ、間違ってますよ」って言ったら「武田君、言ってたらしいね。生徒さんたちに勉強しなくていいって。そんな人はうちにはいらないよ」って。

乙武　学習塾で「勉強しなくていい」と言ってしまう講師……。

双雲　もうめちゃくちゃですよね。ＮＴＴを辞めた時も妻から、「社会勉強したほうがいいから、バイトでもしなよ」って言われたんですね。金もないしね。そんな時に「バイト募集」っていう貼り紙を見つけた。おしゃれな、ちっちゃなバー。僕、お酒飲めないからバーにも行ったことないんだけど、バーッと入っていって、「よろしくお願いします、バイト面接に来ました」って言ったんですね。

すぐに面接してくれたんですけど、僕、「世界を変えたい」っていう夢を語っちゃったんです。**「僕はここの店を世界の役に立てるお店にします」**って熱く言ったんです。「いつからでも働けます」って言ったら、「来なくていいです」。空気、全然読めない。だってバイトにそんなこと求めてないじゃないですか。

乙武 じゃあ、「お前が店を開けよ」って。

双雲 完全にちょっと引いた感じで。そりゃそうだって話で、今考えると当たり前なんだけど。当時はやたら自信満々なんですよね。

乙武 世界を語っちゃうバイトの面接……。

双雲 そういう人はいらないね。武田双雲が変わった人間だということはようやく周りに認識されるようになってきたんですけど。今でも当時の僕みたいな人間で、役割を与えられなくてしぼんでいる人間がいっぱいいるんですよ。

乙武 いっぱいいますよね。

双雲 そういう人が生徒さんにもいるので、なんとか彼らが輝ける役割を見つけてあげたいって思うんですよね。少なくとも、当時の僕よりはまともなんじゃないかと。

乙武 違うことのほうが向いてるのに……という人は、確かに多いですよね。

何もできないダメダメ男

双雲　だいたい乙武さんだって、僕だって、やりたくないことをやらされていたり、好きじゃないことをやっていたり、合わない環境にいたら、ただの超うざい、使えないヤツでしかない。でも、人間って社会の役に立つかどうかって、場所によると思うんです。

乙武　いる場所によってね。

双雲　もし時代がもっと変わっていったら、僕らはまったく役に立たない人間になる可能性があるから。やりたいことをやれる環境に身を置くことができたというのが正解じゃないかな。例えば、イチローは野球をやっているからこそ輝いている。彼が普通の会社にいて経理やらせたら……たぶん、できるな。イチローの経理ってすごそう。

乙武　双雲さんがバイト以外で自分のことをダメと思う場面、こういうことがほかの人よりできないってそんなにあるんですか。

双雲　苦手なものだらけです。僕なんて。たまたま得意なものが、お習字と人を盛り上げることだったというだけ。みんな、そこだけ見ていろいろ褒めてくださるのはありがたいです。でも、それ以外、本当に何も大したことないです。気配りもできなければ、スケジュールも合わせられない、メールのやりとりも苦手だし、ゴミ出しの日もわからないし、人の話を最後まで聞けないし……何もできないダメダメ男です。

乙武　双雲さん、会社員時代に、会議とかで急に胸ぐらつかまれたりしたって聞きましたけど。

双雲　ああ、50代の上司の方にね。「辞めてしまえ」と言われた。質問がよくないんですよ。「なんのためにこの会議があるんですか」とか聞いちゃうから。悪態とかじゃなく、素直にそう思って聞いちゃう。空気が読めないというのもあるよね。

乙武　子どもの頃に空気読まずに質問魔だったと言われてましたけど、大人になってもそうだったんですね（笑）。

双雲　わかってくれる人はわかってくれるんだけど、会社はやっぱり少ないよね。だって、郵便局の仕分けのバイトで、「おまえは邪魔だからクビッ」て言われるような男ですよ。園芸ショップでプランターの仕分けをやった時も同じでした。とにかく遅すぎる。遅すぎて、つまりスキルが低いってことでクビ。仕分けさえできないんですよ。

乙武　たぶん、僕のほうが仕分けは速いですよ。

双雲　仕分けを乙武さんに負ける。まぁ、負けるだろうな。

乙武　それにしても、今のバイタリティからは想像つかないですね。性格も暗かったってことはないんですよね？

双雲　そこは、明るくて前向きなんです。僕も乙武さんに限りなく近いほうではあるんだけれども、そこにちょっとネガティブさが入っていて、**「俺、今、明るすぎたな。暗くしよう、暗くしよう」**と。前向きな発言をしすぎて傷つけたなと、今でも思う。

それを乙武さん、僕が悩んでいる時に、バーンッといくから気持ちよさがある。だから、面白いです。乙武さんは。僕が悩んでいるのを、いとも簡単にパッと、言いたかったことを言ってくれるみたいなところはあります。

当時は自信がなかったんです。たぶん。いっぱいありますよ、そういう意味では。いつも人に嫌われているんじゃないかとか、傷つけているんじゃないかという恐怖心を持っているタイプです。ちょっと返事がないだけで、「あれ、嫌われてしまった、言いすぎちゃったかな」とか。そこはネガティブですね。好かれている感覚をなかなか持てなくて、そこをネガティブに見ちゃう。傷つけちゃったんじゃないかと見てしまう自分がいましたね。なんか傷つけちゃったかなとか、落ち込ませたかなとか。

乙武　気ぃ遣いなんですね。

双雲　なんですかね？　乙武さんは、何か苦手とかあるんですか？

乙武　う〜ん、**何が苦手かな。**

双雲　すごいね。「何が苦手かな」って。

乙武　あんまり苦手って意識したことがないんですよ。

なんで、みんなそんなに元気ないの？

双雲　あぁ、例えば、日本全国飛び回ってるじゃないですか。疲れたな、元気ないなってこともないの？

乙武　「**乙武さんは、なんでそんなに元気なんですか？**」みたいな質問がツイッターなどでもよく来るんですけど。逆に不思議なんですよね。「なんで、みんなそんなに元気ないの？」って。人生って、こんなに楽しいのに。

双雲　なんでそんなに元気ないの、って……。本当に天然前向きな人だね。すごい。ガンダムだ。苦手なことないの？

乙武　うーん、パッと出てこないんですよねえ……。

双雲　そうね。本当にないんだろうね。最近、失敗しちゃったなみたいなことは？

乙武　それはないです。

双雲　それ、すごい。営業しても営業成績トップになりそうですよね。経理やっても、経理システムとかつくりそうですよね。

乙武　「**負けること**」**が苦手**なんですかね？

双雲　苦手って言わないで。それ、負けず嫌いでしょ。感情論でしょう。

乙武　なんだろう。何かあるかな？

双雲　指先が苦手。指先で何かやるとか。苦手も何も、ないからできないか。

乙武　でも、パソコンはマネージャーより速いですよ。

双雲　ウソでしょう。

乙武　いや、本当に。

双雲　パソコンって何？

乙武　フツーに文字を打つこととか。

双雲　え？　マジで？　パカパカ打てるんですか？

乙武　普通になんの改造もしていないパソコンなんですけれども（と、実際にパソコンを取り出して打ち始める）。

双雲　ああ、片手なんだ。スゲー！　なんでその太さで打てているんだろう。あきらかにボタンより大きいですよね。手の設定が。

乙武　でも、携帯のボタンも打ってますからね。それに比べれば、まだ大きいから。

双雲　え？　速い。

乙武　思ったよりも速いでしょ。

双雲　意味が全然わからない。克服しちゃうんだね。

乙武　サッカーやるのも好きですしね。

双雲　サッカーやるって意味がわからないけど。実際ボール蹴っているんですか？

乙武　はい、蹴ってます。

双雲　中学はバスケ部でしたっけ。ドリブルしているのはテレビで見たことあるけどね。ボールを蹴る？

乙武　サッカーやっている動画をYouTubeにアップしているんですけど、見てみますか？

（と、動画につなぐ）

双雲　（動画を見ながら）すげえ。

乙武　（動画を見ながら）この後、僕の華麗なワンツーが決まりますからね（笑）。

双雲　（動画を見ながら）これ、どういうこと？

乙武　次、ボールが来るので。

双雲　来た、来た。お、ワンツーやってる。手足あったら、めっちゃ運動神経いいんじゃないの？　運動神経悪い芸人とかいるけど、乙武さんのほうが全然うまいじゃないですか。

手足がないことをつらいとか感じないんでしょう？

乙武　**最初からないので、なんとも思っていないんです**。生まれた時から、この体なので。

双雲　想像、まったくつかないです。生まれつきか後天的かで、だいぶ変わりますよね。生まれつきだったら、なんていうか、それが普通だと思いやすい。

乙武　うん、そうなんですよね。
双雲　そっかそっか、そこはでかいね。

「おまえ、手足あるの？」

乙武　この前、面白かったんですよ。「おまえ、手足あるの？」ってツイートが来たから、「今のとこ、ないみたい」って返した……。
双雲　「おまえ、手足あるの？」ってツイッターで来たんですか。
乙武　うん。
双雲　意味わかんないね。どういう意味なんだろう。意図的な批判じゃないでしょう、別に、天然？
乙武　たぶん、ないくせに偉そうにするなっていう意味でしょうね。
双雲　えー？　「手足、あるの？」っていうのは、そういう意味？
乙武　うん、だと思うんです。
双雲　本気でそういうこと、言ってくる人、いるんだ。
乙武　なので、「**今のとこ、ないみたい**」って返した。みんな、超爆笑してました。「今後に期待」とか。

双雲　今のところ。だから、生える気満々であるという。面白いね、世間って。でも、乙武さんぐらいかな。ほんとに悪意のあるメッセージをユーモアのある話に変えてる人は。ほかは、だいたい無理だね、普通の人は。

僕も、読者の人に共感してほしいなと思って、乙武さんにちょっとマイナスの部分を聞いたんですけれども、出てこなかったんで。

乙武　ご期待に添えず申し訳ありません（笑）。

双雲　どちらかというと、なんとも思っていないどころか、それを生かしていますからね。不便と思わない。手足がないことがね。自分の苦手なこととか、できることとか、欠点をちゃんと分析して、自分を見つけてって、自分の欠点全然見てないじゃない。探しても見つからないという。すごいね。仕事において落ち込むことはあまりないですよね。

乙武　はい。ないですね。

双雲　**乙武さんが成り立つのは、手足がないから**なんですよ。これで手足があったら、ただの――。

乙武　ただの鼻持ちならないやつですよ。

双雲　そうなんですよ。それがずるいですよね。すごいポジティブでパーフェクトだけど、手足がないからちょうどバランスがいい、みたいな。そこ、ずるいみたいなところ。

乙武　友達によく言われるんです。「おまえ、これで手足あったら、たぶん電通あたりで働いてる、超イヤなやつになってる」って。

双雲　うん、わかる。電通の中でもイヤなやつなんだよね。わかる気がする。

乙武　博報堂じゃない。

双雲　うん。博報堂じゃない。電通のイヤなやつ。

乙武　すごいイヤなやつだったと思いますよ。

僕のダメな例をたくさん話しましたけど、それで「俺ってダメだぁ」って落ち込んでいたら意味がない。だったら、どうしたらいいかというと、「何もしない」。

そもそも、やる気を出そうとか、元気出そうとか、モチベーション上げようというのは、必ず無理しているから、絶対リバウンドする。人間はもともとモチベーション高いし、元気なんです。乙武さんが「なんで、みんなそんなに元気ないの?」って言ってましたけど、まさにそれ。

例えば、英語を話したいけど、勉強する時間がないとか、やる気がないとかいうのは、それは英語を本気でしゃべりたいと思っていないからなんです。本当に思っていないものは、する必要がない。頑張れば頑張るほど、プッツンプッツンとなってつらくなっていくから。

人間って環境に左右される生き物だと思うんです。意志の力なんて超弱くて、毎日マラソン続けるなんて意志の力だけでは難しい。続けないといけない環境に身を置く。意志の力でやる気を出すのはハードルが高い。やる気が出る環境づくりをしたほうが手っ取り早いんです。

乙武さんは、なんで元気なままずっといけるかといったら、今一番自分らしくて、自分の役割があって、ベストな状況に身を置いてきたから。元気の落ちようがない。得意で好きで、やりたいことで、かつみんなを喜ばせることができるベストなポジショニングを獲得してきた人だから。それは元気だわな。やりたくないことをやっていないんだもの。子どもみたいなものじゃないですか。毎日やりたいことをやっているんだもの。

僕も、「書道家・武田双雲」というポジションを得てからは、自分からやる気を出そうと考えなくなりました。それ以外はダメなところ、いっぱいあるけれど。

僕が講演会をやらせていただくと、必ず出てくる質問は、「今までの人生で一番つらかったことはなんですか?」。皆さん、障害絡みのエピソードをすごく期待されているんだと思うんです。手足がないから、きっとたくさんの苦労をしてきたんでしょうとか。そうした苦労に苦労を重ねてきた上で今の僕があると言えば、皆さん納得されるのかもしれないですね。

でも、何度もお話ししているように、僕はこの体をつらいと感じたことはほとんどないし、この体に生まれてよかったとさえ本当に思っています。

学生時代に、クラスにすごい容姿がイケてないやつがいたんですね。その子の話を母親にした時に、「俺、ああいう容姿に生まれるぐらいだったら、この体でよっぽどよかったわ」と真剣に言ったことあるんです。失礼な話でしょ。でも、それぐらい、この体のことなんとも思ってなかったんですよね。

では、何が一番つらかったかというと――「失恋」ですね。これを言うと、また皆さんはがっかりしますけど(笑)。僕が20歳の時、当時19歳の子と付き合ってたんですね。彼女が言うには、ものすごく僕の人間性が強すぎて、「私の価値観がまだ定まってないうちにあなたと一緒にいすぎると、あなたがいいと思うものはよく思えてくるし、あなたが嫌いなものは嫌いに思えてくるし、このまま一緒にいると人格のコピーになる」と。「だから、私の人間がきちんと出来上がるまでは、これ以上付き合えない」ということを言われました。

せめて、失恋の理由が障害絡みならよかったのかもしれませんね。周りから反対されてしまった、とか(笑)。でも、実際はこんな理由なので、皆さん、さらにがっかりされてしまうんです。

タケタケへの質問状

これまでで一番つらかったことは「失恋」という乙武さん。お二人の恋愛観を引き出すべく投げかけた、恋愛に悩む女性からの質問。答えは、あらぬ方向へ……。

Q

夫以外の男性を好きになってしまいました。あくまでプラトニック。お互い向上し合える関係で、不倫ではないと自負しています。でも世間的にはありえないことですよね。友情か恋愛か。この年で悩んでいます。

64歳　女性　主婦
自分の役割……親より先に逝かない。孫を愛する。趣味をまっとうする。
自分は前向きな性格だと思う……YES
自分は親に愛されて育ってきた……YES

乙武　64歳。
双雲　えー？　そこにいくの？　主婦？
乙武　へー、面白い。

双雲　プラトニックな関係を、友情と言うか、恋愛と言うか……。

乙武　別に、決めなくていいんじゃないですかね。

双雲　友情か恋愛か、不倫か不倫ではないか、プラトニックかどうかっていう基準は、世間が決めた基準だから、永遠にわからないよね。

乙武　うん。

双雲　自分の基準じゃないもんね。

乙武　お孫さんもいるんで、たぶん、世間体が邪魔してるのかなっていう感じですけど。

双雲　だから、すごくまじめに世間体で生きてきたタイプだから、たぶん永遠に答えは出ないでしょうね。だから、プラトニック、面白いね。

乙武　全然ありじゃないですかね。

双雲　「私は不倫ではないと自負しています」って言葉の選び方が面白い。自負なんだ、そこ。はー、面白いね。まじめなんだな。

乙武　自負してるなら、何も悩む必要ないじゃない。なのに悩んでるなら、ちょっと、自負できてないよね。

双雲　そうか。

乙武　ちょっと、不倫じゃないかな……という思いが自分の中にあるから、悩んでるわけでしょう。面白いですね、これ。

双雲　自負できてない。

乙武　ねえ。大いなる矛盾が。

双雲　自負してるのにってね。

乙武　ちょっと悩んじゃってるっていうね。

双雲　っていうことは、自信がないっていうことだよね。不倫じゃないかと、どっかで思ってるっていう。

乙武　もう、いいじゃない。自分の中で不倫だと認めてしまえば。それが不倫だとしても、自分が生きてくために、その人が必要だと思えば、別に、プラトニックなら……。

双雲　だけど、プラトニックならいいんじゃないですかっていうのは、文章だけ見てるとおかしくなっちゃう。プラトニックならいいんだっていって……。

乙武　それはちょっと違うか。

双雲　Bまで OK。

乙武　Cはダメです（笑）。

双雲　挿入さえしなければ大丈夫です、みたいな。難しいよね、こういうのって。でも、リアルにあるでしょうね、こういう、「好きになってしまったの、どうすればいいですか」っていうの、何千年前だって、紫式部が書いてるわけですから。

乙武　そうですよね。

双雲　悩むだろうね。

乙武　ご本人にとっては、すごくつらい悩みなのかもしれないけど、客観的に見たら、自分も、**30年後にまだこんな思いができるなんて**、幸せな人生だなと思いますけどね。

双雲　いい男性が見つかりましたねっていうことでね。「世間的にはありえないことですよね」っていうのを確認してきてるんじゃ……。

乙武　ありえるんじゃない？　結構。

双雲　世間的にはありえますすと。

乙武　うん。道徳的にはありえないことだけど、人間は道徳的には生きられないし、世間的には、この方が思ってるより結構あると思いますよ。

双雲　だから、なんとかプラトニックっていうことで、そこで保とうとしてるけど、たぶんこの人、もう感情が抑えきれなくて、今、体も開いてしまいそうなんですよ。絶対そうですよね、これ。自分の体を守れる自信もないのかもね、たぶん。

60歳になったら？

乙武　本題と関係ない疑問が今浮かんだんだけど、これは女性目線じゃないですか。これが男性目線だとして、例えば、僕らの年代で新しく恋が始まった時、相手が自分と同世代か年下、つまり20代、30代ぐらいまでは、好きになったら、間違いなくエッチしたいって思うじゃないですか。

双雲　男はね。

乙武　うん。じゃあ、僕らが、例えば60代になったとして、好きになった相手がこの方のように64歳で、人間的に好きで、恋愛感情を持ったとしても、抱きたいって思うのかな？

双雲　いや、抱けるんじゃないですか。

乙武　好きなら？

双雲　だって、僕ら、10代の時に、30歳の女性を抱けるとか思ってないですもん。

乙武　なるほど。10代の時は、30歳ははるか年上っていう感覚で見てましたもんね。でも、自分が30歳になったら、完全に守備範囲っていうわけですよね。

双雲　今から見る60代だからでしょう。結局、年齢が高くなってくると、自分が抱きたい年ごろも変わってくるのかな。

乙武　うん、そうなんでしょうね。

双雲　逆に若いほうがよくなったりして。

乙武　どういうこと？

双雲　自分が年をとればとるほど、若いエキスを吸い取りたいみたいな。

乙武　問題発言（笑）。
双雲　乙武さんは何歳までいける？
乙武　妻のある身ですから。
双雲　うわ、優等生発言！
乙武　空気が読めるもので。
双雲　僕、ここでも空気読めてないのかな。
乙武　逆に双雲さんは何歳まで大丈夫なんですか？
双雲　この前、親よりも上の年齢の方なんですが、「この方なら恋人でもいける」って思ったのが……。
乙武　そんな年上で？
双雲　はい――吉永小百合さん。
乙武　え！　女優の？　それは別次元でしょう。年齢の問題じゃないですよ。
双雲　最高峰ですもんね。
乙武　それに、吉永小百合さんに、「この人でもいける」って思っていただけるかどうかは別問題です。

CHAT

はじまりは、「ツイッター」

２０１０年８月26日――。

「乙武さーん、すみません、思いつきですが、ツイッター上で、『教育』について対談してみませんか」

書道家・武田双雲さんのつぶやきから実現した、ツイッター対談。東京都内の小学校で３年間教員をしていた乙武洋匡さんと、書道教室で10年以上子どもたちに書道を教え続けている武田双雲さん。ごくごく自然に「教育」という共通テーマを感じ取った双雲さんからの呼びかけでした。

「当時、僕が書道教室の子どもたちの指導法に少し悩んでいたんです。そんな時に乙武さんが僕のツイートをリツイートしてくれたんですね。乙武さんが教員をされていたことを知って、思わず声をかけてしまいました。まだ、お会いしたこともなかったのに大胆ですよね」

双雲さんの思いつきに、乙武さんが気軽に応えてスタートしたツイッター対談は、ネット上を中心にあっという間に話題になりました。

では、実際のやりとりをご覧ください（一部編集してあります）。

双雲　乙武さーん、すみません、思いつきですが、ツイッター上で、「教育」について対談してみませんか。

乙武　双雲さん、ぜひやりましょう！

双雲　わお。ツイッターならではのスピード。ありがとうございます！　こ、こほん。では乙武さんのお言葉に甘えて、突如、乙武洋匡×武田双雲のツイッター教育対談を行います。僕から勝手に質問を投げかけてから、のんびりやりとりを。空き時間に気まぐれな感じで。140字と限られているので失礼にとれる文章もあるかと思いますがご容赦ください。

乙武　了解！　のんびり、ゆっくり語り合いましょう（^○^）/

双雲　では、早速。乙武さんはどんな子どもでしたか？

乙武　とにかく、負けず嫌い。やっぱり、ほかの子と比べてできないことが多い。でも、「何くそ！」という生来の負けん気が僕を後押しし、みんなと同じように、もしくはそれ以上にやってやろうと、いろいろなことにチャレンジしていました。

双雲　なるほど。僕は長男でぬぼーって感じで、ナニクソパワーで動いたことはないタイプですが、ほんとは負けず嫌いが奥底にあるのだと思います。大人に「歯をくいしばって、悔しさをバネに頑張れ」と言われたのがイヤということもあり。

乙武　誰しも、自分のキャラではない頑張り方を強要されるのはしんどいですよね。「○○君のように頑張れ」は、その子を応援しているようで、実は追い詰めていることもあると思うんです。「○○君のように～」は、特にきょうだい間で比較して、親がどちらか一方に言ってしまう言葉のように思います。その点、僕は一人っ子だったから救われた部分もあるのかも。二人の息子を持つ父としては、そのあたり気をつけないと。

双雲　同感です。ただ、僕の子どもは上が男で下が女だから、そこらへんの差別感はあまりないかも。でも、つい「男なんだから」とか言ってしまって、よくないなぁと反省してます。ちなみに、僕は男三兄弟の長男。弟は学校でも僕と比較されてつらい思いをしたと思います。乙武さんは一人っ子でつらいと思ったことはありますか？

乙武　うちは両親が非常に仲良く、ラブラブ（！）だったので、家族旅行の時などはちょっとした淋しさを感じていました。でも、それが「自分も早く結婚して、家庭を持ちたい」という思いにつながったのかも。

双雲　なるほど。では、乙武さんは親にどんな言葉をかけられましたか？　また、それをどう思っていました？

乙武　とにかく褒められて育ちました。生まれた時点で、「この子は一生寝たきり」というあきらめが親にあったから、寝返りを打っても、起き上がっても、それだけで「すごい！」となったそうです。ほとんどの親は「健康に生まれてきてくれたら、それで十分」と願っていたはずなのに、いざ育ってみると、「あれがダメ」「これも不十分」と、あれこれ欲が出てくるのでしょうね。

双雲　なるほど！　僕もなぜか両親に褒められて育ちました。会社辞める相談を父にした時に「どっちにしろお前の決断を全面的に応援する」と言ってくれました（T_T）

乙武　ステキなお父さまですね！

双雲　では、叱り方についてはどうでしょう？　僕の母は叱り方がうまいほうだったと思います。人に迷惑をかける行為に関してだけ短く勢いよく、行為だけを叱る。さっぱりと明るく。乙武さんは叱り方についてどういうスタイルですか？

乙武　叱り方か……うーん、難しいですね。小学校で担任していて感じたのは、叱り方に「正解はない」ということ。子どもによって、いやもっと言えば、同じ子どもでもタイミングによって、その効果が違ってくるなあと。だから、教員としてはなるべく叱り方の引き出しを増やし、個々時々に適した叱り方を選択することが大事かなと。

双雲　同感。書道教室で10年間子どもたちと本気で触れ合ってきて、机上セオリーはまったく通じないことを知りました。

乙武　「〜すべき」で通用するなら、指導もずいぶんラクですよね。わかっていても、やらかしてしまう子、繰り返してしまう子に、どう伝えていくか。やはり、そこに〝正解〟はないように思います。落語家の柳家《やなぎや》花緑《かろく》師匠が、こんなことをおっしゃっていました。「弟子が師匠」と。物覚えも悪く、頑固で素直に言うことを聞かない弟子に教える時ほど、自分自身がよく考えるようになるし、結果として本質に近づくことがある、と。

双雲　なるほど。では、ご自分のお子さんに対しては？

乙武　うーん、わが子だとどうなんだろう。今のところ、息子が好ましくない行動をとった時は、とても悲しそうな顔をしてみせています。

双雲　では、次の質問。人と本気で触れ合うほど、心の柔らかさが必要だと感じますが、乙武さんは教育現場に入る前と入った後で、一番価値観が変わったことはなんですか？

乙武　家庭の大切さ、ですかね。家庭が安定せず、子どもが落ち着いて学習できる環境が整えられていないと、学校でいくら素晴らしいカリキュラムを組み、いい授業をしたところで、あまり意味がないと思うんです。実際、「友達をたたく」「忘れ物が増える」などの問題行動が急激に顕著になった子どもの原因を探っていくと、「家族の入院などの事情から、急に家族が留守がちになった」「両親の仲が悪くなり、毎晩のようにその子の前で夫婦ゲンカが繰り広げられるようになった」など、家庭環境の変化による場合がほとんどなんです。

双雲　興味深いですね。

乙武　だから、「うちの子は勉強しない」と嘆く保護者の方々には、まずご家庭がその子にとって自分らしくいられる、心安らぐ場所となっているかどうかを再確認していただきたいなあと切に思うのです。

双雲　なるほど。家庭に心安らぐ場所があれば、ということですね。

乙武　僕は「なまけられる場所」の確保って必要だと思うんです。じゃないと、子どもはパンクしちゃう。

双雲　同感。僕の教室は、不登校の子でも休まずなまけに来ます（笑）。「なまける」って「頑張る」と同じくらい大事だと思います。

乙武　きっと、双雲先生のお教室は、子どもたちが自分らしくいられる、居心地のいい場所なんだろうなあ。ぜひ一度、お伺いしてみたい。

双雲　ぜひ、なまけにいらしてください（笑）。さすがに電子ゲームは禁止にしましたけど（^_^;）

乙武　それまではＯＫだったんだ w(°ｏ°)w

双雲　先ほど、「家庭を心安らぐ場所に」というお話がありましたけど、そのためには親自身がゆとりをもたないとですね。

乙武　確かに、そのとおりですね。でも、経済的、その他の理由で、なかなか大人にもゆとりがない。そう子どものそばにばかり寄り添っていられない事情もあると思うんです。その時は、意識的に示してあげてほしいんです。「愛してる」と。言葉で、態度で。不安に思っている子どもに、ぜひ自己肯定感を与えてほしい。

双雲　僕の生徒さんの中には、子どもが愛せなくて苦しんでいる方もいます。たとえそうでも、せめて抱きしめてほしい。

乙武　そう。抱きしめることでも、十分に伝わると思います。もちろん、家族からの愛を受けられるのがベストですけれど、現実は悲しいことに、そうした幸せに恵まれる子ばかりではない。なかには、「親に褒められなかった」「愛されなかった」と感じて育った方もいる。

双雲　そうした深い闇を見てきた方々には、僕らがどんな言葉を並べても薄っぺらく感じるかもしれません。それでも、自己肯定感は自分自身の習慣を変えることで成長すると信じていますし、僕はそうやって自分を変えてきました。少しずつ。そして、僕らだからこそ開ける何かがあると信じて発信し続けたい。

乙武　僕は、そのために教師になったと言っても過言ではないんです。親の次に子どもたちの近くにいる教師という立場で、愛を伝えていこうと思った。親の代わりにはなれないけれど、「君のことが大切だ」と伝えていこうと。

双雲　幸せな生徒さんたちですね！

乙武　ただ、幸いなことに、僕のクラスの子どもたちは、みんな親に愛されていた。でも、その愛がうまく伝わっていないケースもあった。それは「照れ」だったり、「言わなくてもわかるでしょ」という思い込みだったり。だから、僕は親から子へ手紙を書いてもらったんです。その手紙を読んだ子どもたちは、みんな大号泣。「こんなに大切にされてたんだ……」って。

双雲　それは、すごい！

乙武　僕より勉強を教えるのがうまい先生はいくらでもいたし、僕より子どもを楽しませることが上手な先生もたくさんいました。でも、僕は子どもたち一人ひとりがかけがえのない存在であることを伝え、自分を大切に思う気持ち＝自己肯定感を育むことを、教師として、何より大切にしていたんです。そして、そんな授業も何度もしてきた。

双雲　いったい、どんな実践を？

乙武　その記録が新刊『だいじょうぶ３組』に詰まっています。小説の形式ではありますが、そのほとんどが生のエピソード。僕の教育実践なんです。「みんなちがって、みんないい」。そのメッセージを伝えるのに、僕の体は何より便利にできていたし、自分の存在に不安を抱いている子がいれば、僕は必ずこう声をかけました。「だいじょうぶ、だいじょうぶだよ」――だから、新刊のタイトルは『だいじょうぶ３組』としたんです。

双雲　なるほど。乙武さん、今日は本当にありがとうございました。もしよかったら、明日ものんびりお付き合いくださいませ。

乙武　知らず知らずのうちに、自分でも熱くなっていました。こうして教育について語るきっかけを与えてくださった双雲さんに、深く感謝いたします。また、明日も語り合いましょう！

双雲　僕も熱くなってしまいました。乙武さんの言葉に、僕の身近な人たちも心打たれています。乙武さんにも、みんなにも感謝の気持ちでいっぱいです。それでは、おやすみなさい。

ここまでが1日目の対談です。フォロワーからの共感と批判のツイートが数多く寄せられる中、交わされたツイートは翌日へとつながりました。

双雲　おはようございます。今日もよろしくお願いします（^○^）早速ですが、乙武さんが感じる今の学校の問題点はどこですか？

乙武　過剰な「温室栽培」となってしまっている点ですかね。わずかな傷さえつけることを恐れて、何重にもビニールハウスで囲ってしまっている。だから、子どもたちは自分の欠点や短所に気づく機会を奪われているように思うんです。例えば、バレンタインデー。学校に（その日だけでも）チョコを持ってきてはいけない理由を聞くと、「もらえない子が傷つくから」。でも、僕はそうした傷って必要だと思うんです。「あ、俺ってモテないんだ」と気づき、「じゃあ、モテるためには……」と自分を磨く。

双雲　なるほど。

乙武　運動会でもそうですよ。同じようなタイムの子を並べ、あまり差がつかないように配慮する。足の遅い子が傷つかないように、と。それから、教師は子どもたちに「お父さん、お母さん」ではなく、「おうちの人」と言うように指導を受ける。これは、「片親しかいない子どもが傷つかないように」という理由からです。

双雲　僕の教室でも、字がうまく書けなくて悔しくて泣く子がたまにいますが、その後、必ず飛躍します。弱さと向き合えた子は強くなっていくのを目の当たりにしてきました。弱さと強味をしっかり伝えるのも先生の醍醐味かと。

乙武　挫折から得られるものは、決して小さくないですね。周りの大人は、その子が挫折でぽっきりと折れてしまわないようフォローしてあげること、そして、その挫折からの学びがなるべく大きなものとなるような示唆を与えてあげることが重要な役割なのかなと。

双雲　小さな挫折と小さな成功をいっぱい体験させる環境づくりも大切なことかもしれませんね。

乙武　だけど、学校は少しでも傷を与えることに臆病になっている。その結果、必要以上の温室栽培に。でも、社会に出たら、そんな「ビニールハウス」ないでしょう。他人との差をイヤというほど感じながら、ありのままの自分で勝負していくしかない。その「ありのままの自分」がどんな人間なのかを知るためにも、ある程度の傷は必要ではないかと思うんです。

双雲　僕の生徒さんの中にも、不登校や障害を抱えた子どもたちと日々向き合っている先生がいますが、そういう子たちはいやがおうにも普通の子と比べられるから、逆に傷に強い子が多いと感じているそうです。

乙武　なるほど、興味深い……。でもね、学校側の姿勢もわかるんです。今は、わずかな傷にも過剰な反応を示す保護者がいて、学校を飛び越えて、じかに教育委員会などへクレームを入れられる。一度、そうなってしまうと、「再発防止のために」と何度も会議を重ね、レポートを書かなければならない。そうなれば、子どもと向き合う時間がさらに奪われてしまうから、結局は「クレームの対象」となりそうな要素は、できる限り排除しておこうとなる。学校が「無難に、無難に」と志向してしまう背景には、こうした事情があるんです。

双雲　では、極度の温室栽培から抜け出すために、今日から誰が、何をしていけばいいのでしょうか。

乙武　「温室栽培」から脱却するため、僕はまず保護者との信頼関係を築くことに努めました。小渕元首相の「ブッチホン」ではないけれど、よく電話をかけるようにしたんです。担任からの電話は普通、何かトラブルが起こった時にかかってくるものだけど、僕は子どもの頑張りを伝えたくて、しょっちゅう電話をかけていました。

双雲　小学校の先生をされている僕の生徒さんが、「ＰＴＡと教育委員会への対応が大変だ」と歎いてましたが、乙武さんは、そのＰＴＡにあえて電話を？

乙武　「〇〇ちゃん、今日ずっと苦手な逆上がりの練習をしていたんですよ」とか、「〇〇君、今日は△△委員に立候補してくれたんです」とか――結局、逆上がりができなくてもいいんです。委員がほかの子に決まってしまってもいいんです。僕は結果だけでなく、その子の頑張りや意識の変化を伝えたかった。結果だけなら、通知表で十分ですから。

双雲　乙武先生、すごい行動力！　保護者の方々の反応はどうでした？

乙武　保護者の皆さんは、最初のうちはさすがに戸惑っていました。「本当はうちの子が何かしたんでしょう？」と信じてくれなかったり……（笑）。でも、僕が本当に頑張りを伝えるためだけに電話しているのだとわかると、とても喜んでくださるようになった。そして、僕は電話を切る時、最後には必ずこう言うようにしていたんです。「いっぱい褒めてあげてください」って。

双雲　それはステキな言葉ですね。

乙武　こうして信頼関係を築いておくと、いざ僕が「従来の手法とは異なる指導」をしても保護者の皆さんは信じてくださるんです。「あの先生なら、きっと子どもたちのためを思っての指導なのだろう」と。信頼関係がないま ま、ほかの先生とは違う〝変わったこと〟をすれば、やっぱり保護者だって不安に思うはず。

双雲　教育に近道はないのですね。

乙武　学校に疑心暗鬼な一部の保護者。その保護者の声に脅えて、硬直化してしまった学校。その状況は、決して簡単じゃない。そんなのわかっているけど、あきらめてタメ息ついてるよりも、僕は少しでも前に進みたかった。保護者への「OTOフォン」は、そんな想いから始めたことでした。

双雲　一つひとつやれることを精いっぱいやっていく。素晴らしいですね。ただ、多くの先生が一生懸命やっていても空回りしてしまう場合も多いと聞きます。何かそういった先生に伝えてあげられる言葉があるとしたらなんでしょう。コツというか。

乙武　たった3年しか経験していない僕が先生方にアドバイスなんておこがましいけれど、あえて言うならば、教育界ではない人と積極的に交流を図ること、かなあ。狭い世界に閉じこもっても、何もいいことはないから。

双雲　なるほど。では、乙武さんの教育現場での失敗談を教えてください。ちなみに僕は失敗しまくり。

乙武　音楽の先生が出張でいないのに、それ忘れてて子どもたちを音楽室に送り出しちゃったとか、そんなレベルの話ならいくらでもありますけどね（笑）。でも、双雲さんのご質問の意図はそういうことじゃなく、もっと本質的なことですよね……。

双雲　フォロワーの皆さんから、きれいごととか薄っぺらいと言われないような展開にしましょう（笑）。

乙武　僕のクラスに、何度注意しても同じ失敗を繰り返す子がいて、そのたびにきつく叱っていたんです。でも、後になってわかったことだけど、その子は認知の仕方が特徴的で、ほかの子と同じように伝えても、理解が難しかった。それを知った時は、本当に申し訳ない気持ちでいっぱいになりました……。

双雲　乙武さんは、そういうお子さんにどう対応されたのですか？

乙武　経験豊富な養護教諭（保健の先生）のアドバイスに基づき、「聞いたらすぐメモにとる」など、今までとは異なる方法をいくつかその子に提案しました。数ヶ月後、その子は劇的に伸びていきました。

双雲　それはすごい！　あ、そろそろ夜も更けてきましたね。ここで一旦、対談を終了しましょうか。

乙武　そうですね。今日も双雲さん、皆さんと有意義な議論ができたことに深く感謝しています。僕は担任として、23通りの個性、23通りの家庭環境しか知ることができなかったけれど、皆さんが「うちは〜です」とお話しくださり、たいへん勉強になりました。

双雲　本当にそのとおりですね。忌憚《きたん》のないご意見をくださった皆さんに深く感謝いたします。

乙武　また、僕や双雲さんのツイートに対して反論くださったり、「わかってない」などとご意見くださった方も多数いらっしゃいましたが、それも当然のこと。特に「正解」がない教育問題では、多くの人が意見をぶつけ合い、建設的に解決への道を探っていくのが大事なことと思っています。だからこそ、異論・反論のツイートにも深謝。

双雲　そう、僕らはまだまだ固い。もっと柔らかくなるよう成長していかなければ。

乙武　その意味でも、こうして皆さんと議論するきっかけを与えてくださった双雲さんには深く感謝しています。僕らの対談が、皆さんの教育についての関心を深めるきっかけとなったら、これ以上なくうれしく思います。本当にありがとうございました！

双雲　貴重な体験を熱く語ってくれた乙武さん、ありがとうございました。いつかまた！

「もっと長く続けたかったけど……」と双雲さんも残念がる中、対談は終了しました。

「薄っぺらい」「おまえたちが教育を語るな」「何もわかっていないくせに」など、心ないツイートがある一方、賞賛の声も多く寄せられました。

「なぜ、終わっちゃうの？」「続きをやってほしい」——そんな声に応えるべく生まれたのがこの本です。

「いつかまた！」

双雲さんの結びの声に応え、対談が本という形で再スタート。

途中、震災があったり、双雲さんが長期入院するなど、予定は大幅に遅れましたが、ようやく皆さんのもとにお届けすることができました。

時に熱く、時に柔らかく、語り合うお二人。

続いて2011年4月——東日本大震災の1ヶ月後に行われた対談をお読みください。

第6章 震災で見えてきたもの

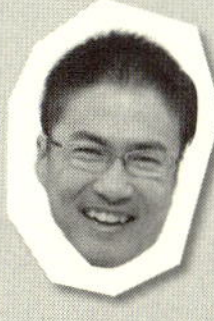
誰かが前向きに
なってくれたら

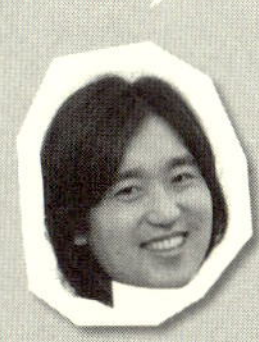
それぞれの
役割だよね

今回の対談は、2011年3月に行われる予定でしたが、震災の影響もあって4月に延期となりました。震災から1ヶ月。ツイッターやメディアを通じてメッセージを送り続けた二人。

「乙武洋匡」だからこそできること。

「武田双雲」だからこそできること。

自分が今できることを続けながら、多くの人たちと同様に戸惑い続けていました。あきらかに前回までの対談とは二人の様子は違っていました。

無力感を覚えて引きこもる

双雲　震災直後から、僕も乙武さんもツイッターで必死にフォロワーさんにメッセージを送りましたね。僕は書、乙武さんは強い言葉だったり、ニュースだったり。

乙武　実際、僕は震災の影響で仕事がほとんどキャンセルになって家にいたこともあるんですが、1週間は仕事が手につかずに、かといって書かなきゃいけない原稿を書く気にもならず、ずっとパソコンの前にいました。ツイッターやニュースをひたすら見続け、皆さんの役に立ちそうなことはどんどんつぶやいていましたね。

双雲　震災２日後に僕が「絆」とか「希望」とか書いた書をアップしたら、多くの人にリツイートされて伝わっていった。「元気が出ました」「励まされました」みたいな声をたくさんいただいたんですね。あれは、僕も逆に自信がついた。僕がやっていた書というのは、こういう時に役に立てるんだと。そういう意味でも、今の仕事にさらに使命感を感じられたというのは大きかったですね。

乙武　昨日ツイッターで、**「無力感を感じるかもしれないけど、役に立ってない仕事、活動なんてないんだからそれを信じて頑張ろう」**というメッセージを発信しました。

というのも、実は僕自身が、震災が起きてから２週間というのは、無力感を覚えて引きこもっていたんです。

双雲　どうして?

乙武　近しい友人たちが、ガンガン現地に行って物資を運び込んだり、ボランティア活動でヘドロかき出したりとかやってたんですよ。そういうのをツイッターとかで見て、素直にすごいな、偉いな、頑張っているなと思っていたんです。

その半面、すごく自分に無力感を感じてしまったんですね。僕は気持ちがあっても、**「この時点で俺が被災地に行ったって手助けできないどころか、足手まといになるだけだ」**と思ったんです。だから、自分を救うためには、自分も行っちゃったほうが楽になるだろうけど、本当に被災地のことを考えたら行けないって落ち込んだんです。行くほうが自分が楽になれますよね。

双雲　行けなかったですよね。僕も全然行けなかったな。失礼だけど、言い方が。

乙武　そう、そう。自分を救うためには**絶対行ったほうが楽**なんですよ。

双雲　楽ですよね。自分で満足できるもんね。行ったという満足感。

乙武　だけど、行っても本当に自分はほかの人以上にできることがない。むしろほかの人に助けてもらわなきゃいけない立場の人間を増やすだけだから、行くべきじゃないなと思った時に、突然、どうしようもない無力感が襲ってきたんです。

双雲　苦手なことがなくて、いつも強気で、負けん気で突き進んできた乙武洋匡も、さすがに落ち込んだかぁ。

乙武　現地に行ってボランティアをできないような社会に対しての無力感もそうですけど、家族内においても無力感を感じていたんですよ。やはり自分はこういう体で、物理的に家族を守ってやるということができない。一人で留守番していると怖いんですよ。余震が起こると、本当、ちびるんじゃないかってぐらいビビりました。

双雲　そうだよね。一人でいるとダメですか?

乙武　妻が買い物とか出ちゃうと、独りぼっちになるんですよ。家の中で。その時に、震度4とか5という規模の余震とか来ると、「終わったな」と思うんですよね。僕は玄関のドアさえ自分で開けられないので、「このまま逃げ遅れて、一人で死んでいくのかな」とか。

双雲　そうだよね。そういう時こそ手足がないってことの……。

乙武　はい。しんどさを感じます。

双雲　せめて手だけでもって思う……。せめて足だけでもとか、どっちかというのを。だって全部ないんですよ。だって、ええ、もう信じられないわ。

乙武　まあ、しんどかったんですよ。それが引きこもった理由でもあると思うんですけど。

双雲　「早くそれ感じとけよ」みたいな。今頃気づいたんかいっていう（笑）。

「ああ、またその時期なのね」

乙武　家族を守ってやれないどころか、自分のことすらどうしようもない。本当に二人の小さい子を抱えている妻を頼るしかない弱さみたいなものを突きつけられて、さすがに落ち込みましたね。

双雲　今までにない危機ですもんね。生命の危機ってそうそうないですから。

乙武　今までも、電球が切れた時に替えてあげられないとか、息子のおむつを替えてあげられないとか場面場面ではあったんですよ。けど、別のことでカバーしてこれたし、落ち込むほどじゃなかった。でも、さすがに今回の震災はショックで、落ち込んでいたんですね。

双雲　今までもそういうことはあったの？

乙武　結構、僕は波があって、そういう穴に落ちる時期があるんですけどね。最低限のことはやるので、仕事に行かないとかはないんですけど、仕事が終わったらすぐ家に帰ってました。基本的には社交的な人間で、毎日誰かしらと会っているんですけど。この時期は、そういう気分にもなれないんですよね。

双雲　確かにこれまで乙武さんには「落ち込む」みたいなイメージはなかったよね。

乙武　そうなんですよ。だから、今回はたまたま震災が引き金になっただけで、僕の中では決して初めてのケースではないんです。妻とは15年近く一緒にいるので慣れたもので、**「ああ、またその時期なのね」**みたいな。

双雲　そういう時って自分の中で焦りとかはない？

乙武　最初の頃は焦りました。20代前半くらいかな、「なんだろう？　元気出ないな」って。でも、何回か経験するうちに慣れてきて、放っておけば戻るでしょうっていう……。

双雲　焦りはないんだ。さなぎの時期というか、冬眠の時期というか。

乙武　そうです、そうです。

双雲　ネガティブとはちょっと違うな。積極的な引きこもりみたいな感じかな。

乙武　あきらめです。

双雲　あきらめ？

乙武　うん。でも、今回はさすがに僕が車いすということもあるのか、友人がすごく心配してくれて、「ご飯食べに行こう」とか、「家まで行くから」とか言ってくれたんですけど、「ごめん、ちょっと今、人としゃべる元気がないんだ」と言って断ってました。

双雲　乙武さん自身が人に、「ちょっと俺、きついんだ」とか言う人じゃないからね。**人を暗い気持ちにさせたくない**、会うからには盛り上げたい、楽しくさせたいというポリシーもあるのかもしれない。そんな状態で会いたくないというのもあるんじゃないですか。

自分を成長させるために今、起こっている

双雲　落ち込んだ状況から、どうやって立ち直ったんですか？

乙武　前もありましたけど、ツイッターで「乙武さんって落ち込むことはないんですか」「なんでそんなに前向きなんですか」という質問を多くいただくんですね。

その答えになっているかわからないけど、僕は、人から見たらマイナスに思える出来事、絶望的だと思える状況に直面した時に、「**何かこれには意味があるんじゃないだろうか**」と考える人間なんです。

今回の震災のような大きな悲しみも、それぞれのペースで長い時間をかけて受け入れた時に、誰が見ても絶望的な状況だけれど、これを経験したからこそ「自分にはこのことを学ぶことができた、こういう点でプラスになった」と思えるようになることが重要なのかなと。

僕は基本的に自分に降りかかることって全部、自分にとってプラスになることだと信じて生きているんです。僕自身は無宗教ですが、キリスト教だったらイエス・キリストが、仏教だったら釈迦が自分に味方をしてくれているという感覚かな。

だから、マイナスだと思えることが起こっても、これは自分を成長させるために今起こっているんだとか、自分がこの後、幸せになるために起こっているんだと。

この震災も起こってしまった。これは厳然たる事実。時計の針を戻せないなら、ショックを受け入れる作業を時間をかけて終えた人から、「じゃあ、ここから何を学んで、今までより、よりよく生きていくにはどうするのか」と考えられたらいいと思っているんです。

それを今回の震災でも自分に問いました。**「僕は、ここから何が学べるのか」**って。それが、立ち直れた理由かもしれません。

双雲　僕もそこは全面的に賛成です。全部にプラスの意味がある。例えば、人が死ぬとか、親が死ぬとか、大震災みたいなことからプラスの意味を見出すのはなかなか難しいですけど。悲しいこと、つらいことがあったら、時間がかかってもいいから受け入れていくしかない。そして、そこから学べることを見出し、さらに何ができるのかを考え、行動に移していく。

それが、残された者の役割だと思っています。

乙武　あと、家族内においては、自分を取り戻せる出来事があったのが大きかったです。

双雲　どんな？

乙武　震災の3日後に関西に出張があったんですよ。帰ってきた3月16日の午後に、品川駅に着いて、新幹線を降りて、新幹線の改札を出ようとしたら、ありえないぐらいの人が改札を埋め尽くしてて、みんなでっかいスーツケース二つ持って、マスクして子どもを抱えているんですよ。なんだこりゃと思って、駅員さんに聞いたら、「原発で皆さん、東京を脱出したいみたいです」って。

双雲　脱出劇だったの？

乙武　すごかったです。ちょっと圧倒されました。

双雲　そうなんですか。僕、知らないわ。それ。

乙武　本当すごかった。平日、水曜日の午後に駅にそんなに人があふれることなんて珍しい。

双雲　そういえば、関西のホテルとか、ほとんど満室らしいなんて話も聞いたっけ。

乙武　その光景を見た時に、ちょっと我に返ったんです。品川駅にあふれる人たちを見た時に、逆にすごく冷静になれた。僕の家族の守り方はこれだなと。

情報に踊らされて右往左往するのではなく、次から次へと出てくる、氾濫する情報を、どう自分なりに分析して精査して、答えを出していくべきなのかって。これはまだ大丈夫だとか、やっぱり東京を脱出するべきだという判断を出すことで、家族を守るしかないなと思えたんです。

その間、僕がオタオタして、「これやべえぞ」みたいな感じになったら、絶対、子どもに伝わるし、いい影響は及ぼさない。それに、本当に何かが東京でも起こった時に、あいつらを抱えて逃げるみたいなことはできない。

でも、僕ができる子どもを守る手段は、その状況にビビリながらもアクセスし続け、分析し、答えを導き出す。**それが父親としての役割**だと思えたんです。

双雲　僕は子どもに対しては日常どおり。一緒に遊んだり。笑って遊んで。無理してでもいつもどおりにしていたんですけど。テレビも見せないようにして。

外に連れて行ったりして、公園に行ったり、いつもどおりにしましたね。

「普段どおり」が僕にできることかなと。

乙武　同じですね。僕ら夫婦のテーマも「泰然と」でした。

双雲　そういう意味では、今回の地震であふれる情報に対する世間のパニクリ度があきらかになった。乙武さんみたいな人が、「大丈夫じゃないの」みたいなスタンスで問いかけたことは大きいですよね。パニックを煽《あお》ることもツイッターでやったけど、パニックを抑えるのもツイッターでやれるんだみたいな。

例えば、僕が全然関係なくふざけた言葉とか投げたらそれだけでも皆さんに安心していただける。いいんだ、ふざけてって思えたんです。大きな余震があった時に「大丈夫でしょうか」って投げるんですけど、それ見るだけでも安心される人がたくさんいた。一言で人間ってパニくるし、一言で落ち着ける。僕らが言葉や書を投げた効果は大きいですよね。

乙武　パニくらない力って大事ですよね。

「おはよう、余震」

乙武　震災後、ツイッターでも何を発信したらいいのかなっていうのをしばらく考えあぐねていたんですね。2週間ぐらいそんなことを考えていくうちに、僕が出した結論は、「担当制」でいいのかなと。つまり、震災が起こってから、僕らのようにフォロワーが多い人間って、個人放送局だと思うようになったんですよ。

双雲　もうメディアですよ。20万人になれば。

乙武　震災後は、特にそういう傾向が強くなったと思うんです。例えば、普通のメディアでもJ-WAVEかけたら格好いい音楽が流れているよねとか、テレビ東京をつけたら旅番組やっているよねとか、それぞれのイメージってあるじゃないですか。この個人放送局であるツイッターも、こういう時だからこそ万人に向けてというよりも、「この放送局は、このツイッターはこういう人たちをターゲットに、こういう部分を担当しますよ」と。
例えば、今日の原子力に関する会見やニュースはどうなっているんだろうと思う人は、津田大介さんのツイッターを見てればよくわかる。じゃあ僕は何かなと思った時に、震災のこともたまにはつぶやくけど、基本的に何かくすっと笑えたり、「あいつバカなこと言ってるな」って笑うことで救われる人がいるなら、自分はそこを担当すべきなんじゃないのかなって、ようやく2週間で割り切れるようになったんですね。
そこから、僕はプロフィルを書き換えたんですよ。これからも不謹慎と言われたり、おまえ、そんなこと言っている場合じゃないだろうという声も出るだろうけど……。

双雲 乙武さんを不謹慎と言っている人、何を不謹慎って言ったの?

乙武 飲みに行くとか、芝居を観に行くとか。

双雲 それの何が不謹慎なのかわかんないんだけど。

乙武 あと、最近、毎朝揺れるじゃないですか。だから、「**おはよう、余震**」って書いたら、不謹慎だみたいな(笑)。

双雲 ああ。不謹慎だな。それは不謹慎だ。

乙武 僕の考えでは、もう余震と友達になっちゃうしかないじゃんって。「やめ」って思ってやむなら、とっくに地震を止められてるわけで、止まらないこの余震に毎日ビクビクしながら過ごすよりは、「はい、はい、また来たのね」という会話のほうが楽だよねという思いでつぶやいているんですけど。

双雲　なるほど。それぞれの役割だよね。

乙武　そう。それで、いろんな考え、いろんな心情の人がいると思うんですよ。それは地震が起こって、ますますそれが分かれちゃったと思うんです。実際に被災された方。関西や九州にいて実感は薄いけど、元気出しちゃいけない雰囲気だよねという方。東京みたいに、原発も怖いし、余震も頻繁に起こるしっていう、プチ被災者の方。それぞれ立場が違うでしょ。だから、全員が気持ちよく読めるツイートなんて、今は無理だなと。だったら、もう覚悟を決めて、こういう部分を担当しようって。

双雲　どういう部分？

乙武　芸風は違うけど、同じように不謹慎だと言われているある人のツイッターに、僕はすごく共感を持っているんですよね。

双雲　誰？

乙武　**デーブ・スペクター**さん。

双雲　デーブさん？　本当に不謹慎な人ですから。不謹慎が芸風だもんね。

乙武　うん。でも、あの人もそれなりの覚悟を持ってやっているんだなと思った時に、僕はすごく共感をして、僕もデーブさんと一緒にここを担当していこうと。

双雲　チームが同じだったんだ。なんとか班みたいな。

乙武　はい。まさかデーブさんと組むことになるとは（笑）。

双雲　役割というので今、面白いなと思ったのは、日本人って役割分担と言いながら、「なんでこんなことしなきゃいけないの」って言いたがるじゃないですか。だから、それぞれが**「自分だからこそできること」**「乙武洋匡だからこそできること」をやろうとすると、「なんでそんなことするの」と言うやつももちろん出てくる。

乙武　正直、震災が起こるまでは、フォロワーがどんどん増えていくのがうれしくて、万人が喜んでくれるようなツイートをしようとか、ちょっとでもフォロワーが増えたらいいなという気持ちもあったんですよね。でも、今話したような方針でツイートし続ける限りは、フォロワーが減ることもある。でも、そんなことを気にするんじゃなくて、自分のこのツイートで、少しでも誰かが前向きになってくれたらと。

　僕のツイートは被災地の方はもちろん、プチ被災者である関東とか、被災地ではない地で自粛を強いられている人たちが、「よし、俺らが頑張ってエネルギーを生み出して、東北を救わなきゃね」と支援する側に回る人を元気にする。そういう役割になれたらいいなと。それが2週間かけて辿り着いた結論でした。

双雲　その考えが受け入れられたからフォロワーも逆に増えたんじゃないですか。乙武放送局が非常に明確になってしまった。わかる人も応援しやすくなるし。

　それにしても、乙武さんのフォロワーの増え方というのはすごい勢いですけど、どういうタイミングで何万人もがフォローにクリックしてドーンって増えていくの？

乙武　震災当日、フォロワー13万だったんですよ。

双雲　当日？

乙武　はい。３月11日時点で。それから１ヶ月で今23万です（２０１２年５月現在、40万超）。だから震災直後の１ヶ月で10万人が増えているんですよね。

双雲　すごいですよね。それだけ、みんなに響いたってことでしょう。

乙武　１日で１万人とか増えた日もありましたね。

震災みたいなことはもちろんあってほしくはないし、被災者の方たちにとってはなかったほうがいいのは当たり前ですよ。けど、実際に起こってしまったってことを考えた時に、これをきっかけに心の時代に入ってくるのかなと、僕は前向きにしかとらえていないんです。

地震があるとかないとかは別として、これも不謹慎だけど、自分が言ってきたことが本当に大切だということが伝わりやすくなったと思うんですね。

昔は、「絆を大切に」「楽しく生きよう」と言うと、ちょっと敬遠されがちだったのが、今は受け入れられやすい。僕の書道だって、どんなことを書いたって「おまえ不謹慎だ」とはならない。

仕事の内容はなんでもよかったと思うんですよ。皿洗いでも、本屋さんでも、芸能人でも。内容は関係なくて、普段から貢献志向というか、役に立っているという実感が欲しくて仕事をしていれば、今回の震災にあってもそこまでの自分の仕事に対する不信感はなかった。だけど、普段、ただ目の前の仕事に追われていた人たちは、一瞬にして見えなくなってしまった。

本当は、乙武さんがツイッターで言ったように、どんな仕事でもどんな人にでも無力というのはなくて。何かで役に立って生きているから、それをもう一回見直せばいいんだと思う。だって、職業は関係ない。役に立ってない職業なんてないですよね。全部役に立ってますよね。

だから、地震の後に会った人たちはこう言いますね。「今までダラダラ仕事してて、ただ給料もらえればいいやと思っていたのが、この仕事が本当に貢献しているんだろうかという問いをひたすら自分に投げるようになった」と。そういう意味でも、日本人一人ひとりがパワーアップしていると思うんです。

親

父は、約10年前にガンで他界したんですね。もちろん、大きなショックを受けました。だけど、その時、そこから何かを感じ取り、学んでいかないと父の死がムダになると思ったんです。

人間の命は、いろいろ意味を持って生まれてきているとしたら、生きている間に何かを成し遂げて、その使命を果たす人もいれば、生まれてすぐに死んでしまう命もある。

でも、その命も生まれてきた事実が誰かに何かを学ばせることもあるし、亡くなることで、誰かに大きな影響を与えることもある。そう思った時に、もし自分の父親がガンになったこと、亡くなることで、僕に何かを学ばせようとしているなら、僕はそこから学ばなければ、父の人生、命がムダになると思ったんです。そして、僕が学ぶべきことはなんだろうと、ずっと考えていたんですよ。

そう考えた時に、今回の震災は誰にとってももちろんいいことではないし、地域、人によっては絶望的な状況だと思う。でも、この震災が僕らにとってどんな意味があるのか。僕らが人生をよりよく生きていくためには、この震災とどう向き合っていくか、ということを考えていくしかないと僕は思っているんです。

ただ、それにはショックの度合いによって時間というものが必要で、僕だって父がガンだとわかってすぐに学ぼうと思えたわけではなくて、半年ぐらいかかって、「でも、ここから学んでいかなきゃいけないんじゃないか」と思えるようになった。だから、今回の震災でも、被災状況とか、心の状況によって、それが何ヶ月なのか、何年なのか、何十年なのかは変わってくる。その長さは人によって違うけれども、長い時間をかけても受け入れていく必要があると思うんです。

それが残された僕らの役割でもあり、だからこそできることだと思うんですよね。

タケタケへの質問状

続いては、福島にお住まいの女性から。
お二人もさすがに言葉に詰まって、答えを見出せませんでしたが、
視点を変えることで方向性が広がってきました。

Q

福島に住んでますが一向に状況はよくなりません。周りの人たちもイライラが募るばかりです。どうしたら精神的に強くなれるのでしょうか。(2011年6月)

30歳　女性　アルバイト
自分の役割……震災を後世に伝えていくことが役割だと思います。
自分は前向きな性格だと思う……NO
自分は親に愛されて育ってきた……NO

双雲　この状況、言われると、つらいんだよね、僕たち。だって、何言っても、「あなたたち」……。

乙武　「わかんないでしょ」って。

双雲　そうだよね。すみません。

乙武　まずは、自分が、家族が、どうであったら幸せを感じられるのかという条件をもう一回見直すということだと思うんです。福島もいろいろ不安な状況はあるけれども、それと自分たちの望む幸せとは、そこまで関連が深くないんだと思えたなら福島に残ればいいし、やっぱり無理だと判断したなら、出るという選択肢も出てくるでしょう。そこをもう一回洗い直すというか、しっかり見直すということが、精神的なタフさにつながっていくのかなっていう気がします。

双雲　人がイライラしていることは、もう、自分ではどうすることもできないと思うんですよ。周りの状況って、たぶん自分の力ではコントロールできない。僕だったら、**コントロールできる状況に自分の環境を置いていく**っていうことですね。人は変えられないですよね。人のイライラを止めるっていうのは、なかなか難しいことです。

乙武　福島には放射能ということが見え隠れしちゃうから、なんとなく、僕も双雲さんも、奥歯にものが挟まったような言い方になっちゃうけど、置き換えてみるといいのかなと。

例えば、職場でどうしてもイヤな人がいて、それでイライラして、でも、どうにも変えられない。どうしたらいいだろうって。

その場合、まさに、その人と付き合ってでもその仕事をやっていきたいのか、その職場環境がどうしても耐えられないから、やりたい仕事だったけど辞めたいのか。どっちのほうが優先順位が高いのか、という判断をすべきだと思うんですよ。それと一緒で、郷土を愛する気持ちがそれに勝つのか、生活や健康に対する不安が勝つのか。そんなに簡単なことではないのはわかっているけれど、最終的には自分の中でどっちが優先順位として上に来るのかという判断なのかな。

双雲　確かに、放射能が入ると、何か言いづらいけど、言い換えればわかりやすいよね。

昨日より今日、今日より明日

乙武　でも、僕らの答えはちょっと的外れなのかもしれない。だって、質問は、「残るべきでしょうか、去るべきでしょうか」ということじゃないのだから、この方はもう、「福島にいる」という覚悟はあるんじゃないかな。

双雲　そっか。じゃあ、いると決めた上で、もう一回それを受け入れ、強くなるってことか。

乙武　もし、逃げようかなって考えるような人だったら、自分の役割のところに、「震災を後世に伝えていくことが役割」とか、書かないと思うんですよね。

双雲　そうだね。**「精神的に、どうやったら強くなれるでしょうか」**っていうのがメインテーマ。

乙武　要は、この状況の中でも心太くありたいということだったんですよね、きっと。難しいな、そうすると。

双雲　ね、受け入れろというのもね。この状況は受け入れられないよね。何言ったらいいんだろう。東京電力と地震といろんな問題があって、どうしたら精神的に強くなれるのか。

乙武　自分に伝わってきている情報が、本当に正しいものなのかどうかというストレスもあるだろうし。

双雲　今までどおりにはいかないですよね。ストレスも、我慢し合ってるだろうし。僕たちが言いづらいぐらいだから、福島の人たちはもっと言いづらいでしょうね。助けたい、なんとかしたいって思っても、奥歯にものが挟まっちゃう感じがある。

10年単位で見れば、もちろん、状況は必ずよくなるし、今はとにかくのろのろで見えないかもしれないけど、やっぱり状況が変わらないことはないから、長い目で見るっていうことか、そこに希望を持つとか。必ず、ずっと同じ状況ではないっていうことぐらいしか言えないかもしれない。

乙武　子育てでも一緒なのかもしれないんですけど、昨日より今日、今日より明日っていう、日々の中での、ちょっとした進歩というか、状況の改善というものに幸せを感じられるようにしていく、ということなのかな。

双雲　昨日より今日のほうが少しイライラが減ったとか、そういうことね。

乙武　近所の花が咲いたとか、夕食が大好きなカレーライスだったとか。普通にしてたら、なんでもないことのように思えるかもしれないけど、そういうちっちゃな幸せに目を向けていくって大切。

よく、「視野を広く持ちなさい」とか言っちゃうけど、やっぱり、この状況だと、あんまり視野を広げすぎちゃうと、気になること、不安なことだらけで気がめいっちゃうと思うんですよね。だったら、**思いっきり視野を絞って**、目の前の小さなことに目を向けて、そこに一生懸命になる。そうすることで、逆に救われるケースもあるのかなと思います。

双雲　まさに、「こういう時だからこそできること」っていう視点で。今だからこそ、目の前のことに目を向けるということですね。

第7章

誰にだって「役割」がある

その後、武田双雲さんが体調を崩されて入院されるなどして、半年以上の期間を経てからの対談となりました。

2011年4月の段階では、「被災地に行けない」「行くほうが楽」と言われていたお二人でしたが、その後、それぞれ被災地を訪れる機会がありました。

その時の心境を伺うところから、対談は再開されました。

「おまえら、おっぱい好きだろ」

双雲　乙武さんは4月の段階では、被災地へ行っても何もできない無力感にかられていたと言っていたじゃないですか。それが、被災地へ行っただけでなく、本（『希望　僕が被災地で考えたこと』）まで出した。その劇的な変化は何があったの？

乙武　確かに、炊き出しに行くとか、がれきの撤去をするというようなボランティアは僕にはできなくて、すごく無力感を感じていました。それが時間がたつにつれ、次に大事なのは、被災地の方々が「よし、希望を捨てずに、**もう一度頑張っていこう**」という前向きな気持ちを取り戻していくことなのかなと思ったんです。

本にも書いたんですが、たとえヘドロがかき出せなくても、「行くだけで勇気を与えることができる。オト君はそれができる人だよ」ということを、実際に何度も現地に足を運んでいる友人の水野美紀さん（女優）に言っていただいたんですね。被災地の人々が前向きな気持ちを取り戻すためのお手伝いなら、僕でもできるかもしれない。そういう思いから、5月と7月と8月に被災地に行かせていただいたんです（その後12月と12年3月にも訪問）。

双雲　落ち込みっぱなしじゃないね。さすが乙武ガンダム。

乙武　いえいえ。

双雲　僕も平泉のお坊さんたちと一緒に、被災地の小中学校を何校か回らせていただきました。

乙武　特別授業みたいな？

双雲　講演会だったり書道ワークショップですね。とにかく笑わせたくって「ぶっちゃけ兄ちゃんキャラ」で行ったんです。書道家の武田双雲が来るといったら、どちらかというと清楚なイメージがあるみたいで、「武田双雲先生、よろしくお願いします。起立、気をつけ、礼」みたいな。みんな緊張しているんですけど、いきなりそれをぶっ壊す。「おまえら、おっぱい好きだろ」みたいなこと言ったりして。ＡＫＢの話をしたり、バカな男子が下ネタを言ったりして、「おまえバカすぎて優勝」とかするわけです。みんな大爆笑で、親を亡くした子も、校長先生も泣きながら笑っているんです。

僕自身は、正直、何も変わっていない。被災地に行っても心境は変わっていないです。ただ、本当に「好きなことをやれているか」「毎日ちゃんと生きているか」と問いました。でも、やっぱり今のままでいいと思えたからよかったかも。今は病気をして入院したので、体のこと、食べ物をちゃんとしようと思う。そのほうが大きいです。

乙武　なるほど。僕も避難所になっている小学校で、特別授業をさせてもらいました。

双雲　授業でどういうことをするんですか？

乙武　授業は何回かやっているのでいろいろあるんですけれども、例えば、僕がこういう体なのでできないと思うことを子どもたちに挙げてもらうんです。

双雲　もし手足がなかったらということ。

乙武　そうそう。すると、子どもたちはあらゆることを言うんです。それを片っ端からやってみせる。それできるよ、それできるよと。だいたい子どもたちは、休み時間のことを想定するので、「サッカーができない」「野球ができない」とか言うので、やってみせると、すげえなって、驚くわけです。

双雲　びっくりする。それはびっくりするよ。

乙武　石巻の小学校で、「明日、野球の楽天イーグルスの試合で始球式をやる」と話したんですね。「避難所にテレビあるよね。そこで、よかったら明日の試合を見てほしい。今もつらい状況にあるかもしれないけれど、そんな時は明日僕がボール投げる姿を思い出してほしい。『あの人もああいう体だけれども、一生懸命ボール投げてたな。自分たちもしんどいけど、頑張ればやれるかもしれない』。そんな気持ちになってくれたらうれしい」と言ったんです。
でも、実は、始球式については僕の中では迷いがあったんですね。

双雲　どうして？

乙武　前も話しましたけど、僕はこの体ですから、小さい頃から、みんなが当たり前にやることを**同じようにやっただけで褒められる**んです。歩く、食べる、字を書く、そうしただけで「よくできましたね」ってなる。

双雲　「わー」ってなりますよね。すごいって。

「感動させ屋」じゃない

乙武　ある時、なんで僕だけ褒められるのかなと考えた時に、「ああ、そうか。障害者だから何もできないという前提があるから、俺だけが褒められるんだろうな。ということは、褒められながら、**どこかで低く見られているんじゃないか**」と思って、ちょっと複雑な思いがあったんですよ。

双雲　素直に喜べなくなりますよね。

乙武　うん。今回、始球式を務めるにあたって、いろいろなアイデアがあったんです。ピッチングマシンをマウンドに設置して、それを僕が操作してピュッて投げるとか、僕がバッターとして登場して、プロのピッチャーに投げていただくとか。いろいろなアイデアがあったんですけれども、僕は結局、「自分で投げます」と言ったんです。

でも、何万人という観衆の前で、僕がボールを投げるということは、きっとまた多くの皆さんがすごいと驚いて、拍手を送ってくださるんだろうな。それは、これまでの僕だったら、あまり心地のいい場面ではなかったんです。

僕はこれまでどちらかというと、『24時間テレビ 愛は地球を救う』みたいな番組に疑問を持っていました。どうして障害者を一面的なとらえ方しかしないのかなと。もちろん障害者が頑張っている姿を見て、皆さんがすごいな、よし、頑張ろうと思う気持ちもわかる。でも、なかにはバカなことをやって、みんなを笑わせているような障害者もいる。飲んだくれてどうしようもないようなやつもいる。健常者がいろいろいるように、障害者だっていろいろいる。なのに、「感動させ屋」みたいなとらえ方だけされるのは、どうなんだろうなと。

でも、僕が始球式をやるということは、否定的に思ってきた24時間テレビ的な扱いとして出ることになる。それは、僕のポリシーに反することなんですね。

だけど、今ここで**優先すべきは僕のポリシーではない**。今は、僕がボールを投げる姿を見てくださった被災地の方々が、どう受け止めるかのほうがはるかに重要だと思ったんです。「乙武も手足がないのに、ああやって残された部分を生かしてボールを投げるんだ。自分たちも今回の震災で多くのものを失ったけれど、この残された命と、残された人とのつながりを生かして、もう一回頑張っていこう」。そう思ってくださる方が、一人でもいるなら、やらせていただきたいなと思ったし、そう思えた自分にびっくりしたんです。「ああ、俺、そんなふうに思うんだ」と。それが役割なのかなと思ったんです。

僕のポリシーは別のところにあるとしても、やっぱり僕には肉体を使ったボランティアはできない。自分には何ができるんだろうと考えた時に、始球式や特別授業などの行動を通して、被災地の方々の役に立てるのであれば、それが僕の役割じゃないかと思ったんです。

「また会いましょうね」

双雲　僕も始球式やったことがあるんですが、乙武さんほどではないけれども、ジレンマはありました。書道家のくせになんだとか、実力とは違うところで悩む。結局はそれも含めて与えられた役割と思えたから引き受けられた。

乙武　うん。それも含めて、自分だからこそできることなのかなって思えたんですよね。

双雲　乙武さん、自分のポリシー曲げてまで、意に沿わないことを、自分だからできる役割と、割り切ってやれてしまうというのは、どうしてなの？

乙武　震災発生からの1ヶ月間ぐらい、本当に悩みに悩み、本当に何もできることがないと打ちのめされた。あの1ヶ月があったからこそ、そう思えた気がします。だから、これが震災が起こっていない、自分と特に深く向き合うことがない時に、「始球式やりませんか」とご依頼をいただいても受けていないかもしれない。

それが、みんな自分のできることで、ボランティアで力を尽くしているのに、自分はなんて無力なんだと、すごく悩み、打ちのめされた1ヶ月間があった。

だからこそ、今までの自分のポリシーとは反するかもしれないけれども、ようやく**役に立てることが見つかった**のかもしれないという思いが、後押ししてくれた気がします。

双雲　乙武さんが何回も被災地に行こうと思われたのは、どうして？

乙武　1回目に行った時に、お別れする時になんて言葉をかけていいのかというのがよくわからなかったんです。

双雲　また来ますとかね。難しいですよね。言うのは。

乙武　そう、そう。元気出してくださいとか、頑張ってくださいとか、頑張りましょうは、なんか僕の中でしっくりこなかった。その中で、「また会いましょうね」という言葉が、僕の中ではわりとしっくりきたんです。でも、それを単なる社交辞令にはしたくないなという思いがずっとあって。

『希望　僕が被災地で考えたこと』という本の中にも書いたんですけれども、福島県郡山市にある避難所にお邪魔したんです。そこの避難所にいるのは原発から30キロ圏内に住居があって避難してきている方たちなので、まったく先が見えない戦いで。でも、そんな状況にもかかわらず、その避難所に暮らすおばあちゃんたちが、逆に「頑張ってね」なんて応援してくださるんです。そういう方たちになんて言ったらいいのかなと思うと、「また会いましょうね」しかないかなと。そう言った以上、本当にただの社交辞令にしたくない。やはりまた来たいなという思いがあったので、FUNKIST に声をかけて、一緒に行こうぜと。

双雲　FUNKIST？　あぁ、即興で歌をつくってましたよね。テレビで見ましたけれども。

乙武　これまでFUNKISTとずっと一緒に活動してきたので、ぜひ一緒に行きたいなと思って行ったんです。

双雲　音楽の力は強いですからね。

なんで俺、手足ないんだろう

双雲　乙武さんは、自分の役割を考えたことは今まであったんですか？

乙武　20歳の頃に、ふと、**「なんで俺、手足ないんだろう」**と。生まれて初めてぐらい。

双雲　遅いな。

乙武　そうなの。

双雲　20年間気づかなかったんかいという。で、気づいて？

乙武　なんかみんな手足くっついて生まれてきているのに、自分だけすごい確率で手足がなく生まれてきたんだなと。それが僕だったというのは、何か意味があるのかなと思って。

双雲　落ち込むわけじゃなくてね。意味を考えた。

乙武　そう、そう。なんかこういう体の人間にしかできないことをするために、あえて手足のない体で生まれてきたのかなと思って。じゃあ、何かもうちょっとみんなとの違いというものを意識しながら生きていかないと、**宝の持ち腐れ**だなと思ったんです。

双雲　あくまで前向きですね。宝の持ち腐れと思った。手足がないことが宝だと思っている時点ですごいです。普通、気づいて落ち込むよね。「俺はなんで不便に生まれてきたんだろう」じゃなくて、これを生かしたいという。

乙武　そう。だから、今まで20年間生かせてなかったのは、すごくもったいなかったんじゃないだろうかって。

双雲　もっと生かせる。

乙武　そう、そう。20歳の時に「この体で生まれたのには意味があるんじゃないかな」と思って、いろいろ考えたんですね。その結果、「みんなちがって、みんないい。いろいろな人がいて当たり前なんだ」という考えに至って。それを伝えていくためには、こういう体のほう

プレッシャーは感じません？

乙武　うん。プレッシャーというより、取材や講演などでいただく質問はその手のものが多いですよね。

双雲　乙武さんも、たぶんそれは常に感じて生きてきた。

乙武　克服物語を期待されるんですね。克服もなにも最初からマイナスととらえてないから、克服しようがないですよね。

双雲　子どもの頃からコンプレックスがないわけですもんね。

乙武　小学校の時に、僕、二人の担任の先生に見ていただいたんですね。１年生から４年生まで受け持っていただいた高木先生は、とにかく**「みんなと全部一緒にやれ」**という方でした。

双雲　一緒というのはどういう意味？

乙武　例えば、掃除の時間もみんなと同じように「雑巾がけをやれ」と言われるんです。

双雲　床を普通に雑巾で拭くの？

乙武　ええ。だから、ビチョビチョの雑巾を足とかお尻の下に敷くようにして拭いていたので、いつもズボンがビチョビチョになってました。

双雲　乙武さんを特別扱いしないっていうことね。

乙武　そうです、４年生までは。５、６年時の担任の岡先生は正反対のタイプ。「おまえはその体だからできないことがあるのはしょうがない。代わりに**みんなとは違うことでクラスに**

貢献しろ」と。5、6年の時は、雑巾がけをせずに、代わりにワープロを貸し与えられて、それでクラスの掲示物とかを作るという仕事を任されていたんですね。

双雲　それは衝撃的だ。同じ掃除なのに……。

乙武　そうなんですよ。

双雲　サボるとは違うもんね。やらないんじゃないもんね。役割を与えてくれた。

乙武　そうなんですよ。

双雲　その先生すごいね。

乙武　はい。当時20代です。

双雲　**「役割」ってすげえなぁ。**

乙武　それが僕の人生、今の活動には大きな影響を与えていますね。

双雲　いや、これ、すげえ大事だよね。それが自己肯定感につながるわけですもんね。

乙武　高学年になって体格の差が激しくなってきたタイミングもよかったし、逆に4年生までは周りの子と同じようにやることで、僕の負けん気をうまく利用しながら伸ばしてくれた。両方大きかったんですよね。

双雲　その岡先生の考え方って、いろいろな役割があって、みんながイキイキできる。うちの書道教室でもやっているんですけど、それをもっと学校とかサラリーマンに分け与えたくて。例えば、成功しているベンチャー企業では、「好きなことやれ」「どんどん失敗しろ」と言う社長が増えてきている。一方、旧態依然とした会社は、横並びで、「頑張れ。売ってこい」というのが多いんですよね。

乙武　僕がこの考えを持てているのは、もう一つ、高校時代にアメフト部に入ったこともすごく大きいんですね。

双雲　車いすで走るってこと？

乙武　いやいや、選手じゃなくて、それはさすがにマネージャーをやってたんですけど。

双雲　でも、入るのに抵抗なかったの？　中学はバスケ部だし。

乙武　まずは、「やりたい」と思って入部する。それから、「じゃあ、何しよう」と考えるタイプだったんです。アメフトって聞くと、一般的に体の大きな男たちが防具をつけてガチガチぶつかり合うスポーツというイメージがあると思うんですけど、高校レベルではそんなに体の大きなやつらばかり集まるわけではないんですよ。

例えば、肩が強くて、判断力に優れた人間だったらクォーターバックというポジションがあったり、背は小さくても足が速くて、密集地帯にガッと突っ込んでいく勇気があれば、ランニングバックというポジションがあったり。

本当に体格と性格にマッチしたいろいろなポジションが用意されているんですね。その魅力に気づいたと同時に、「役割」というものを強く意識しましたね。

双雲　漫画とかにありますね。スポーツができなくても頭よさそうなやつは分析に回るとか。

なんでも役割は本当はあるんでしょうね。「役割」って言葉、すごい希望が湧いてくる。

乙武 湧いてきますすね。

双雲 みんなそれぞれに役割が与えられた社会というのは理想の社会かもしれない。落ちこぼれとエリートという二対構造じゃない。成功者と失敗者じゃないので、全員がスターになっている状態というか。それぞれがリスペクトできる。例えば掃除やらせたらあいつすごいよといったら、掃除のエキスパートになればいいし、考えるのが得意な人、動くのが得意な人、笑わせるのが得意な人、いろんな人がいていい。

子どもの力を借りました

乙武 僕が、なぜ小学校教員を選んだのかというのも、実はそこにあって。中学、高校だと教科担任制なので、例えば社会の先生だったら、基本的には社会科しか見ないんですよ。それだと社会科のできない子のことを評価してあげられない。

双雲 そりゃそうですね。

乙武 だけど、小学校は基本的に全科を持つことになっているので、体育の時間、全然跳び箱が跳べなくてどんくさいのに、理科の時間になったらイキイキとして実験器具を扱える子もいる。だから、この分野は苦手だけど、ここは得意なんだというふうに、子どもをいろいろな角度から見てあげたいと、小学校を選んだんです。

双雲　生徒として乙武さんが体験した先生の役割を今度は自分がやろうと。

乙武　そうですね。

双雲　『だいじょうぶ３組』にも書かれていたけれど、みんな横並びを望むような風潮が今の学校にあるじゃないですか。個性を伸ばそう、大事にしようと言いながらね。

乙武　僕とか双雲さんが育った小学校時代って、バブルだったので、最も画一的な教育がなされていた時期だと思うんですよね。

双雲　イケイケというかね。

乙武　そう。同じ歯車をバンバン大量生産することで、企業戦士になれという教育を、一番押しつけられてきた世代だと思うんですよね。それが今の教育現場は、ようやく「個性を認めよう」となってきた。ただ、掲げる標語としては「個性を認めよう」となってきたけど、それを実現するにはどうしたらいいのかわからない。

双雲　落とし込めなかった。

乙武　うん、うん。というのは現実としてあると思うんですよね。

双雲　実際、個性を伸ばすって、僕は書道教室だからやれるんだけど、学校ってカリキュラムもあるし。どうやったんですか？　もちろん軋轢《あつれき》は生じたでしょう。

乙武　そうですね。

双雲　ある意味時間がないじゃないですか。カリキュラムをこなさなきゃいけない、勉強を教えなきゃいけない中で、一人ひとりゆっくり個性を育てる時間がない。

乙武　**子どもの力を借りました**。

双雲　うーん。子どもの力を借りるか。

乙武　僕のクラスは23人いたんですけど、23人一人ひとりのよさを把握するまでにはすごく時間がかかるし、表面的なことしか見えないまま判断しちゃう怖さもあった。なので、一人につき1行ずつぐらい書けるスペースのある名簿みたいのを作って配ったんですよ。そして、「今日は友達のいいところ探しをします。一人一言ずつでいいから、その友達のいいところを書いてみよう」と言って、書いてもらったんですよ。

彼らは幼稚園や保育園から、もう10年近くも一緒だったこともあって、全然僕が見えていなかったことが、いっぱい見えてきたりして、「なるほどな、この子にはこういうよさがあるんだな」とか。それは結構取っかかりにしましたね。

双雲　本当、人と人って時間を重ねるほど、いろいろなことが見えてくる。妻でもいまだに発見がありますもんね。10年一緒にいても、こんな部分を持っていたんだとか。

僕はどうしても過去のデータベースで、この顔のタイプだったら短気だろうとか、しゃべんないからどうせ根暗なんだろうとか思うけど、無口で根明なやつもいるし。

乙武　わかります。

双雲　人間ってそんなに割り切れない。子どもたちを教えると、その決めつけがいかにムダかというのがわかります。こういうものだと思っているものは破壊されていく。現場で教えるというのは、僕にとっても乙武さんにとっても大きいと思います。

乙武　震災が起こって、例えば僕であれば無力感を感じたけれど、特別授業や始球式をしたり、双雲さんであれば、自分の書を通して、みんなに希望を与えられるんだって確認できたり。それぞれが役割みたいなものに気づくことができたし、その役割というものが自己肯定感につながっていくという見方になるかもしれないですね。

双雲　**「役割」って言葉すげーよ。**今までそんなに注目していなかったけど。さっき乙武さんの話聞いて、めちゃめちゃ希望が広がったなあ。

自分には役割が見えなかった

双雲　逆に疑問も浮かぶよね。読者の人には、僕や乙武さんだから「役割」があるって思う人も出てくる。メディアに出てる人だからって。

乙武　役割を見つけるのって、そんな計算式ほど難しいものではなくて、「おまえ、あれ得意じゃん」とか、友達同士で成り立つことだってありますよね。そうかと思えば、普通に世間からいい会社にいると思われている人でさえ、「本当は自分のやりたいことじゃない」と悩んでいる人も多い。

双雲 職業は、関係ないんじゃないですか。自分は盛り上げるのが好きだったら盛り上げればいいし、掃除が好きだったらオフィスを片づけたりすれば社内の評価は上がるだろうしね。

乙武 そうは割り切れない人をどうするか。それが難しいんですよね。

双雲 さっき、乙武さんが言った「子どもの力を借りた」という言葉に、僕、ピンときた。

乙武 うん、うん。

双雲 特徴がある人はいいけど、ない人の問題とかもありますよね。例えば乙武さんのマネージャーさんはね、乙武さんをサポートすることで、今、すごく役割を感じていますよね。

乙武 彼とも「役割」について話をしたことがあるんですが、「自分に役割があるなんて、感じたことはなかった」と言うんです。そういう人のほうが圧倒的に多いんじゃないですか。

双雲 なるほど。自分が何をしていいのかわからない。

乙武 頭の中では **「役割を持って生まれてきた」** という感覚もわかるけど、いざ自分に置き換えると、「さて、何をしたらいいんだろう」と考え込んじゃうんじゃないでしょうか。

双雲 でも、乙武チームの重要なポジションというのはなんとなくわかるのでは？

乙武 僕を抱えるとか、荷物を持つとか、そういう物理的なサポートがないと僕はやっていけないので、「そういう意味では役割を感じる」と話してましたけれどね。

双雲　僕から見ると、最強の乙武さんとの夫婦関係というか、弱さを一番見られる人は、何よりも大きいんですよね。

乙武　確かに、そうですね。物理的なことだけなら、それこそヘルパーさんに来てもらえば、なんとかなるわけですから。

双雲　筋肉隆々の人に運んでもらったりとかね。

乙武　震災直後の、僕が誰ともしゃべりたくなかった期間、唯一、何も考えずにしゃべっていられたのが彼でしたからね。やっぱり、あの時期、家族の前では「俺がしっかりしないと」と気を張っている部分があった。そういう意味では、一番気楽にいられたのが、マネージャー君なんです。物理的なサポートで助かっているというのは当然あるけど、それ以上に、きっと、精神的に助けられているんですね。

双雲　めちゃくちゃ大きいですよ、それ。本人はわからないと思うんですが。

乙武　機嫌の悪い時は悪いまんま、黙っていたい時には、黙ったまんま。自然体でいられる人がパートナーにいるというのは、本当にありがたいことですよね。

双雲　役割を筋に通した瞬間に、僕らと僕らの対談の意味が、芯が見えたという感じ。

乙武　そうですね。

役割を感じてない人が多いと思うんですよ。みんなどこかで代替可能って思ってる。僕も会社員時代は「俺がいてもいなくても会社は何も変わらない」って感じてたんですよ。それがある時、「俺だからこそできること」ってなんだろうって考えてたんですね。社内を盛り上げることとか、後輩と先輩をつなげることとか、お客さんと会社をつなげることが僕だったらできると思った。そういうことをやった時に、初めてサラリーマンであることに誇りを持てた。

だから、そこなんだよね。今の人たちに足りないのは。役割感というか、何か自分が生きている感じがしない。だから、認められないし、自己肯定感も持てない。

逆を言うと、役割が与えられた人は、勝手に自己肯定感は育ちますよね。役に立っている感というのはね。

僕の場合はね、いっぱいあると思ってます。本当にくだらないものも数えるんです。眉毛が太いとか、えらが張っているとか、そういうことも全部数えていくんです。いいか悪いかは判断しない。特徴も全部数えて、一回テーブルに並べればいいと思うんです。まだこれがプラスかマイナスか、価値があるかないかは判断せずに、ひたすら雑多にテーブルに並べる。並べて、その中から役に立ちそうなものを見つけられるかもしれない。自分という素材を持ってきて、この料理ができるかもしれないとか。みんな、これが見えていないんじゃないですか。

自分を客観的にジャッジしたら、どんどん希望が湧いてきたんです。僕でもできるかもしれない。僕もやれるかもしれないと思った。

その時から強くなりました。批判を受けても、ブレなくなったという思いがあります。

震災をきっかけに僕が自分の無力さを感じた時に、救いとなったのは、やっぱり自分には「役割」があるということを認識できたからなんです。

それは、自分でずっと考えを止めずにいることでそれぞれ結論が出ているんですよね。家族に対する無力感に対しては、一つは情報を自分が適宜判断して、家族としての結論を出すこと。もう一つは、自分自身が泰然としていることで息子たちに不安を感じさせないこと。この二つで役割を果たそうと。

被災地に対しては、炊き出しやがれきの撤去といった肉体を使ってのボランティアはできないけれど、特別授業や始球式、そしてツイッターでのメッセージなど、人々が前向きになれるようなメッセージを発信していくことなら僕にもできそうだ、と。

やはり、みんなと同じようにはできないこととか、率先して先頭を走ることができない場面も多々あるんですよね。この体を考えると、小さい頃からたぶんそうだったと思うんですよ。だけど、できないことはしょうがないから、「自分だからできることはなんだろう」と、自分なりに考える癖が小さい頃からついていたのかもしれません。

そもそもね、震災後に僕が無力感を覚えてしまったこと自体がおこがましいというか、何様なんだと今になると思うんです。あんなどえらいことが起こってるのに、「自分は何もできない」って。当たり前ですよ。自分一人でなんとかできるレベルのものじゃない。自分を高く評価しすぎじゃないのって思っちゃうんですよね。みんなで力を集めて、それでようやくなんとか前に進めるレベルの話なんだから。だからこそ、今、自分に何ができるか。それを自分の「役割」と認識して前に進んでいけるかどうかが大きいと思うんです。

タケタケへの質問状

「誰にだって役割がある」と信じているお二人には、少し残念な後ろ向きな質問。珍しく厳しい口調の双雲さんが印象的でした。

Q

役割を見出せない、役割が何かわかれば前に進めるのに、と思い続けて何年もたってしまった。目の前のことを一生懸命やれば次が見えてくると人は言うが、そこまで熱中できない。でも、やるんだ！　という原動力って、どうやってつくり出しているの？

36歳　女性　会社員
自分の役割……なし。
自分は前向きな性格だと思う……NO
自分は親に愛されて育ってきた……NO

双雲　乙武さんも本を出すだけじゃなく、キャスターだったり、教員だったり、保育園だったり、いろいろされてきたじゃないですか。どうですか？　どれも熱中してきました？

乙武　熱中してますすね。僕は目の前のことを一生懸命やると自然に次が見えてきた人なので。

双雲　この人は、一生懸命はやってないのかな？

乙武　でも、惜しいですよね。本当に前向きじゃないなら、どうやって原動力をつくり出せばいいんだろうとも思わない。のんべんだらりとこのまま生きていければ、逆に楽なんでしょうけれども、中途半端にちょっと前向きさが残っていて、前向きに生きたいという気持ちがあるから、そうできなくて苦労しているんだと思うんですよね。

双雲　だから、どっちかでしょうね。あきらめて、いいじゃん、別にクラゲみたいに生きていけばいいじゃんって。遊びながらのうのうと暮らそうよという。もし本気で前向きになりたいんだったら、本当に覚悟がありますか？　みたいな。どっちかでしょ。
　もし、**本当に前向きになりたいなら、本気で前向きになりましょうよ**。そのためには、ある程度やるべきことはやりましょうよと。どっちかなんでしょう。だから、中途半端というのが、失礼な言い方だけれども、本質なんじゃない？

乙武　双雲さんが言ったように、一番楽になるのは、前向きに生きることをあきらめる。役割を見つけて生きることをあきらめられるなら、そのほうが楽なのかな。

双雲　前に進まない。

乙武　後ろにも進まない。

双雲　ニュートラルな。

乙武　うん。でも、ご質問の最後にあるように、原動力をきちんと持って、前に進んでいきたいという思いがあるなら、僕は**自分の前にいったん鏡をつくり出す**ということかなと思っているんです。

役割が見つけにくい人って、自分自身のことがあまり把握できていない人が多いじゃないですか。自分には何ができて、何ができなくて、どんなことが得意で、どんなことが苦手なのか。今までこんなことは成功してきたけれども、こんなことは失敗してという。特に失敗、苦手、不得手、こういうものに僕らは弱いから、目をそむけがちだと思うんですよ。でも、本当は苦手なことにもしっかり目を向けていかなきゃいけない。

双雲　なるほど。

乙武　で、自分というのは、こんな形をしているんだ。つまり、ここにはいい出っぱりがあるけれども、こっちは足りないへっこみがあるんだというふうに、自分のオリジナルな形、人とはこういうふうに違って、こういう形になっているんだというのを把握できると、自然と役割が見つけやすくなるのかなと思うんです。

自分がどんな形をしているのかさえ把握できていないまま役割を見つけようとしても、それはやはり見つからないだろうなと思うんです。

だから、いったん鏡の前に立って、自分と向き合う。鏡というのは物理的な鏡じゃなくて、自分と向き合い直して、自分がどんな人間なのか、何ができて何ができないのか、そういうことをしっかりと逃げずに自分と話し合うということがスタート地点かなという気がします。

第8章

魔法の言葉「だからこそできること」

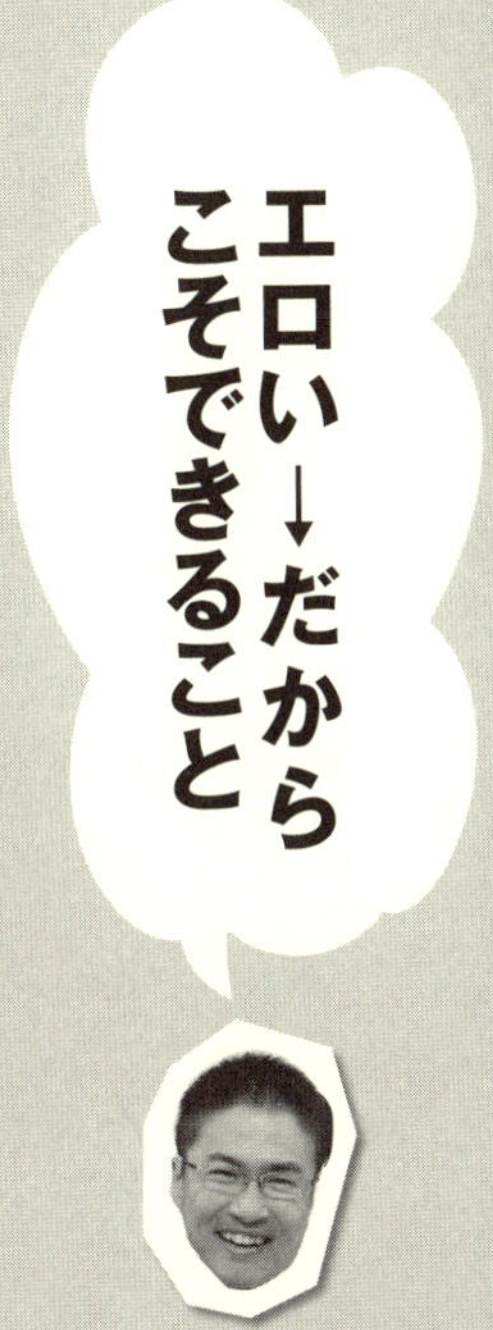

人にはそれぞれ役割がある。それをまっとうすることで、自信が生まれ、自己肯定感を得られる。これまでのお話を踏まえ、この本のメインテーマである「だからこそできること」へと話題が移っていきました。乙武洋匡だからできること。武田双雲だからできること。それぞれの「役割」をどう生かし、どのように影響を与えていくかについて伺いました。

武田双雲↓だからこそできること

双雲　そもそも「だからこそできること」って、以前、僕の『武田双雲にダマされろ』って本の中で紹介したら、大変な反響があった言葉なんです。

自分が不利だったり、ネガティブな状況に陥った時に、「だからこそできること」をふりかけるんですよ。

不況で大変↓「だからこそできること」

仕事で失敗した↓「だからこそできること」

失恋した↓「だからこそできること」

って具合に、**いろんな言葉の後にふりかけのように「だからこそできること」をかける**と、不思議と前向きになれたり、やるべきことが見えてくるんですね。

乙武　なるほど。

双雲　「だからこそできること」って魔法の言葉ですね。僕だったら「ぽっちゃり↓だからこそできること」とか、「病気をした↓だからこそできること」とか。

乙武　エロい↓「だからこそできること」とか（笑）。

双雲　そのキャラも乙武さんの「だからこそできること」でしょ。乙武さんはたぶん、子どもの頃から環境的にそれを考えざるをえなかった。「乙武洋匡だからできること」を考えて生きてきたから、その思考に行っている。だから、「みんなちがって、みんないい」って言えちゃう。

乙武洋匡↓だからこそできること

乙武　僕の「だからこそできること」は、大きく分けて三つかなと思ってます。一つは、**「常識を覆していくこと」**。大きなことで言えば、「障害者はこういう人」「障害者だったらこういうことはできない」といった固定観念を、これまでも覆してきたと思うし、きっと、これからの人生でも覆し続けていくんだろうと自分でも思うし、役割なのかなと。

双雲　偏見っていう名の常識を崩していく。

乙武　うん。

双雲　乙武さんだから崩せたんだよね。手足がなくて、かつ、このキャラ。

乙武　うーん。まだまだ、十分ではないですけど。

双雲　でも、もともと常識を壊そうと思ってやってきたわけじゃないですからね。

乙武　そうです。僕自身は**常識にとらわれずに突き進んできた**というほうが正しいかもしれません。

双雲　それが、周りから見たら非常識だって言われて、「え？」ってなった。なんていうかな、僕も乙武さんも、共通点は、人に新しい価値観を植えつけようとか、みんなの価値観をぶっ壊そうなんて全然思ってなくて、たまたま、「こうでしょ」って言ったことが、一般的には「非常識」だったということですよね。

乙武　そうか、たまたま世間的にインパクトがあったということですね。

双雲　そうです。僕ら、天然に近いのかなって思うんです。現状を否定して、書道界とか、障害者のあり方みたいなものを否定して新しい価値観を植えつけようなんて、僕も思ってないし、たぶん乙武さんも思ってないんだよね。

乙武　うん。

双雲　たまたま本質をつついたら、「なんで？」って言っちゃった。

乙武　そうか、そうか。

双雲　「なんで？　楽しいじゃん」って、乙武さんは言っちゃったんですよ。書道も、楽しいって言ったから、僕、たたかれたんですよ。書道は、お前が思うほど甘いものじゃないって怒られたんです。楽しんじゃいけない、厳しいものだと。修業して会得するもので、簡単にわかっちゃ困るって言われて、「えー？」って言ったのが僕だったんです。

だって、赤ちゃんにだって、子どもにだって伝えたいんだもん。外国人にも伝えたいのに、難しかったら伝わらないじゃないですか。例えば何十年も聴かないとわからない音楽とか、何十年も見ないとわからないテレビ番組なんてイヤじゃないですか。そういうことを言い続けたからたたかれた。何か**常識をぶっ壊すつもりはなかった**です。びっくりしたっていうことですね。

乙武　僕の場合で言うと、例えば中学校でいきなりバスケットボール部に入部したり、高校時代はアメリカンフットボール部に入部したり。僕の中に皆さんの思うような「きちんとした常識」というものがあったら、「こんな体の僕がアメフト部に入って何するの？」「皆さんに迷惑かけるでしょう」とか考えちゃったと思うんですよね。でも、そういうのが最初からなかった。

双雲　あぁ、それも回路がなかったからね。

乙武　手足の中に入っていたであろう、「常識」をつかさどる回路が（笑）。

双雲　乙武さんは、普通の人と真逆なんですね。「私は手足がないから、できないことがたくさんある」と、「できないこと」を数えたりしない。世間一般には数えちゃう人のほうが圧倒的に多い。できないから不幸だとかね。でも、乙武さんは、「**手足がないからこそ、できることがあるでしょう**」と。そういうふうに考える人なんですよね。

乙武　うん。そのとおりです。

双雲　「だからこそできること」ばっかり考えてきた男っていうことじゃないですか。

欠点↓だからこそできること

乙武　二つ目は、「**あきらめない**」こと。

子どもの頃のことを、最近よく思い出すんですけど、親に一番言われた言葉の一つが、「しつこい」だったんですよ。

双雲　それ、ある意味欠点だよね。「しつこい」って言われれば、マイナスだよね。

乙武　うん。「もう、しつこい」ってしょっちゅう言われてたんですよ。それって、たぶん、あきらめが悪かったんだと思うんですよね。

双雲　言い出したことは、もう、絶対最後までって。

乙武　（マネージャーさんに）あんまり、深くうなずきすぎじゃない？（笑）。

双雲　うん、うなずきすぎ。かなり思い当たるふしがあるかなと。

乙武　でも、そういう性格だったからこそ、自分がやりたいと思って、常識にとらわれずに着手したはいいものの、「やっぱりできなかったね」となるのが嫌いだったんです。自分がやれるまで、やりたいと思ったことを実現するまで食らいついて離さない。小さい頃から、そういう性分でした。

たぶんね、皆さんは僕のことを強靭な精神力の持ち主だと言ってくださるけど、本当はただしつこい、あきらめが悪いだけなんですよ。それが、たまたま障害者だからインパクトがあって伝わりやすかっただけで。これが、僕、手足あったら、ただのあきらめの悪い、しつこい男にすぎませんから（笑）。

双雲　ただのしつこい男にはなってないと思うけどな。

乙武　手足がなくてそういう性格だから、壁をつくらずに、いろんなことをやり遂げたみたいに評価してもらえてると思うんですよね。それは、僕がこういう体でこういう性格だから、「だからこそできること」なんだと思うんですよ。

双雲　「その体＋その性格」だからこそか。深いね。

みんなちがって、みんないい

乙武　三つ目は、僕が、『五体不満足』出版以来、一貫して言ってることなんですけど、**「みんなちがって、みんないい」を伝えていく**ことですね。

一人ひとりが違って当たり前だよね、みんなが同じである必要はないんじゃない？　というメッセージを伝えていきたいんです。「みんなちがって、みんないい」を伝えていくのに、僕はあきらかにわかりやすい体をしてる。やっぱり、ほかの人が伝えるよりも、はるかに説得力はありますよね。

その三つが、現在の乙武洋匡が考える「僕だからこそできること」かなと。

双雲　「みんなちがって、みんないい」って、「だからこそできること」と、すごい直結してますよね。同じことを言ってますね。

乙武　うん、そうそう。ほんと、そう。

双雲　その人だからできることばっかりやってればいいっていうことだよね。

乙武　うん。

双雲　乙武さんは、そのメッセージを一番伝えてきた人だと思うんです。手足がなかったり、本が売れたり、メディアにも出てたり。それをどう生かし、どう影響を与えるかっていうのが大切なんだよね。

不幸そう➡だからこそできること

乙武　最近、特に僕が感じてるのは、「あれ？　何か、乙武、楽しそうだぞ、幸せそうだぞ」という姿を見てもらうことが、一番手っ取り早いのかなって気がしてきたんですよ。ツイッターで**「乙武さん、なんでそんなに楽しそうなんですか」**とか、**「乙武さんがうらやましいです」**というツイートがよく来るんですよ。

今までだったら、手と足のない人間つかまえて、「うらやましい」と思うことなんかありえなかったじゃないですか。

双雲　大逆転。

乙武　かわいそうでしかなかったでしょ。なぜ僕がうらやましがられてるのかといえば、幸せそうだと思われてるからだと思うんですよ。じゃあ、なんであいつは幸せそうなのかと考えた時に、どうあがいても人と同じようにできない、自分のできないところはもうスパッとあきらめて、自分ができることに特化して、「だからこそできること」に専念してる。だから、

「あの人、幸せそうなんだ」と気づいてもらえるのかなって。

メッセージをきちんと伝えていくことは、もちろん大事。だけど、その手前の取っかかりとして、「乙武、楽しそうだな」「あいつ、うらやましいな」と思わせるのが大事な気がしてきたんです。

双雲　でも、やっぱり、楽しそうに生きるっていうのはリスクもあってね。うらやましいと同時に、「ずるい、なんであの人ばっかり」って嫉妬されるデメリットもある。

乙武　それ、ありますよね。

双雲　幸せが悪いんだよね、なぜか。人の幸せが許せない人たちがこんなにもいるのかって、びっくりしますよね。幸せになっちゃいけないって感じですもんね、乙武さんは。ある意味、手足がない人が幸せになっちゃダメみたい、意味がわからないよね。

乙武　つらく苦しい中、生きてるんでしょみたいな。

双雲　考えますよね、幸せって何かっていうことを。乙武さんと会うたびに考えます。だって、普通に考えたら、手足がないことは不便でしょうがない。それが、乙武さんに会うと「**不便なはずなのに幸せってどういうこと？**」みたいな。

「あれ？　俺たち、便利を追いかけて、幸せと便利を一緒にしてきたのに、不便なのに幸せってなんだ？」って思わされる。

不幸の１種１級です

乙武　そのギャップに、みんなが幸せになれるヒントがある気がするんですよ。今までは、「障害者ってかわいそう」だと思ったのに、「すげえ幸せそう」ってなる。そのギャップってなんだという感覚が、波紋のように広がっていけばいいなと。

双雲　手足が両方ない人ってどれぐらいいるんですか。僕、乙武さん以外は見たことない。

乙武　日本人だと佐野有美《あみ》さん？　女子高生の時にチアリーダーやってて注目された、僕と同じように四肢のない女性です。歌とか出してましたね。

双雲　人口の何パーセントとかわかるんですか。四肢のない人って。

乙武　いやあ、どうだろう。ほかには見たことないですね。

双雲　だから、ある意味、障害者の中でも一番すごいほう……。

乙武　一応ランクがあるんですよ、１種１級とか。僕は１種１級なんですけど。

双雲　１種１級が一番上？

乙武　はい、一番上。カースト制度ですよ（笑）。

双雲　障害者の中で一番っていう、最高ランクなんだ。

乙武　バラモン乙武です。
双雲　かっこいい。一番だから世の中的には不幸だ、不便だっていうレッテルを最初から貼られてるわけだ。
乙武　うん。
双雲　で、それに楽しそうにしてるわけだ。
乙武　**不幸の1種1級です**（笑）。
双雲　不幸1種1級の人が一番幸せだから、問題児なんだ。おもしれー。そうか、そうかー。おもしれーなー。

手足がない→だからこそできること

乙武　障害があっても幸せそうにしてるのがずるいとか、双雲さんの場合だと、書道家らしくないとか、攻撃された時にそれをどう生かすかでだいぶ違ってきますよね。
双雲　人間って、下だと思った人間が上になると腹が立つんですよね。あれ、不思議な本能というか、今まで支援しようとしていた人たちが上に行くと。書道の世界で多いらしいんです。師匠は手塩にかけた弟子が伸びると怖いんです。抜かれるのが怖くて仕方ない。影響力を自分より持たれると、自分の築き上げてきたものが全部壊される。あと、同業者の嫉妬です。
乙武さんの場合もあるんじゃないですか。いわゆる、手足がない人たちのグループからすると、**「乙武だけずるい」**と。

乙武　まず、手足がない人がグループ組めるほど多くいない気がする（笑）。あ、でもね、オーストラリアの方なんですが、僕とまったく同じような体をした男性でニック・ブーイッチさんという方がいるらしいんです。マネージャー君がテレビでその方の特集を見て、すぐに連絡してきたんですよ。
「オトさん、大変です。**商売敵が現れました**。早いうちにつぶしておきましょう」って（笑）。

双雲　ライバルだもんね。面白いね、これも。手足がないっていうだけなんで。僕の職業は書道家で、乙武さんは手足がないという職業なんですよね。

乙武　キャラかぶりですからね。その人、プールで泳いだりしているんですよ。僕は泳げないんで、そこはちょっと負けた。

双雲　そこ、そこ。プールで負けた。でも、面白いじゃない。今までポジティブで、ある意味競争なしの中で、圧倒的なオンリーワンと思われていた乙武洋匡という男が、ライバルの出現によって、心情が揺れて、悔しがって、劣等感にさいなまれる……みたいな。そのストーリーが面白いよね。それを克服していって抜くみたいなことにならないかな。

乙武　しかも年下なんですよね。ウィキペディアで調べたら６歳年下。

双雲　それは腹立つかもね。
乙武　しかも、結構イケメンなんです。
双雲　うわッ。その人、乙武さん同様、前向きなの？
乙武　今は前向きなのかな。でも、過去に自殺を何回か考えたみたいなことを話したりしているんですよ。
双雲　うわっ、克服物語もしっかり備えている。乙武さん、そこはないもんね。最初から「**手足がないのを不幸と思っていない**」だもんね。
乙武　なんで一本事務所に電話くれなかったんだろうって、マネージャーが（笑）。
双雲　日本の俺の縄張りを。手足がない業界で俺はトップだぞと。築き上げた第一人者だぞ。なんで俺に電話一本くれないんだと。
乙武　「M-1グランプリ」みたいなのに、彼と組んで出てみたい。まず二人で登場してきて、握手しようとするんだけど、いきなりできないみたいな。
双雲　シュールすぎるわ。笑えるのか笑えないのかわからない。
乙武　僕とマネージャーだけ爆笑していて申し訳ないです。
双雲　そう、笑えないよ。普通の人だったら。

脳性マヒ→だからこそできること

乙武　**脳性マヒブラザーズ**ってご存じですか？　お笑いコンビで、二人とも脳性マヒのコンビがいるんです。

双雲　え？　知らないです。脳性マヒでお笑いをやるんですか？　ちゃんと話せるんですか。

乙武　一人は車いすに乗っていて、普通に話せる。もう一人は歩けるんですけど、うまく話せないんです。そういう二人組のお笑いコンビなんですけども、めちゃくちゃ面白いんですよ。一番面白かったのは、お医者さんというコント。話せて車いすのほうがお医者さん役をやるんです。うまく話せないほうが患者役で、「風邪ひいちゃったみたいなんですけど」とやってくるんです。車いすのほうが、「どんな症状ですか？」「えーと、うまくしゃべれなかったり、手が震えて」「それは風邪じゃなくて、脳性マヒですね」って突っ込むんですよ。超面白いんですよ。

双雲　面白いですか？　それ。

乙武　超面白いですよ。

双雲　それはちょっと待って。うーんっていうところだよね。これは、笑っていいのかという理性が働くよね。

乙武　その後、採血しましょうって、注射を刺そうとするんですけど、手が震えてなかなか刺さらないんです。「じっとしているんですけど、勝手に手が震えちゃうんです」って。めちゃくちゃ面白いですよ。

双雲　び、ビミョー……。芸人さんでも自分の不細工さとか、ダメさを売りにする人いるじゃないですか。それの究極の形ってことなのかな。

乙武　YouTubeでその番組を見たんですけれども、ゲストにカンニングの竹山さんが出ていて、コントが終わった後にコメントを言われたんですが、それが最高なんです。「おまえら、芸人としてきたねえよ」って。

双雲　そう思いますよ。やりたくても真似できない。核爆弾持っているようなもんだもんね。

乙武　「うらやましいわ」とか言って。

双雲　僕もこの前似たようなことあったんですよ。ブログやツイッターに、いろいろな書をアップしてきて、「感動しました」なんて反響をいただくことも多かったんですよね。

それがこの間、書道教室で生徒さんに、何も見ないで記憶だけで「**ドラえもん**」を描いてもらったらあまりにも面白いのでブログにアップしたんですよ。まじめに描いたのが下手だったという、ただの面白いドラえもんモドキなんです。

それが、何十万アクセスしていくわけです。どんどん話題になって、ついにはYahoo

ニュースにまでなった。

僕の今までの努力はなんだったんだって。僕の書よりも、下手なドラえもんのほうが、圧倒的に勝ち。しかも、最初は「大笑いしました」「ブログ見ながら牛乳飲んでたら思わず噴き出した」みたいな感想だったのが、そのうち、「うつが治りました」とか、「ずっと最近、暗闇の中にいましたが、光が差し込みました」みたいなコメントが来るようになった。だんだん感動物語になっていくんです。僕の書を超えているんです。くだらなさで笑って、そして何かがぽろっと取れた人がいっぱい出てきたんですよ。これはなんなんだと。**僕は何をやってきたんだろう**みたいな。クー……。

乙武　じゃあ、双雲さん、今日、帰ったら脳性マヒブラザーズ見てください。超面白いんで。

双雲　すげえ、脳性マヒブラザーズ。彼らが天下を取った後に、もっとハードなやつが出てきたら悔しがるんだろうね。

乙武　彼らは、ツイッターやっていて、たまに絡んでくるんですよ。

双雲　絡んでくるの？

乙武　この前なんて、「誠に申し訳ない話ですが、**乙武さんが死ぬ夢を見ました**。僕の天下がもうすぐやってくるということです」って。

双雲　ライバル視されてる！　脳性マヒからすると、手足ないのってずるいんだみたいな。

乙武　「まだまだ譲らねえよ」と返事しときました。

役割と、だからこそできることは、すごくリンクしていますね。

みんな自分じゃなくてもいいことというか、みんなに自分を無理やり合わせて、自分じゃないことに合わせていくから、役割が見つからなくなっていく。

自分だからこそできることばかり考えていく人は、勝手に役割が、ポジショニングがうまくいって、輝く。イキイキと元気に生きられる人だと思うんです。

たまたま、僕ら二人は役割を生かして、自分たちが生まれ持ったものをプラスに生かしてきたという人物だと思うんです。

乙武さんは、「だからこそできることの神様」みたいなもので、手足がないからこそできていることがいっぱいあって、それを生かしまくっている化物みたいな人。もう存在自体が、「だからこそできること」だから。

僕は、何も考えずに独立して、最初は飯食うことしか考えていなくて、書道家で認められたい、目立ちたいという欲もあったと思う。たぶん、いろいろな欲望があったと思うんです。

こう走っていくうちに、まず批判されたり、うまくいかないという壁にぶつかったり、へたくそだ、詐欺師だなんだ言われて、へこんで傷つくわけです。その壁にぶつかったことで初めて、段階的に自分だからできること、僕が何をすればいいだろうと考えた時に、武田双雲として書道を書き続けるしかないと思えた。僕はこの明るいキャラで、しゃべりでみんなを盛り上げていこうと思えたのは、挫折したからかも。

その時に、落ち込んだままか、自分を生かそうとするかの違いが大きいですよね。

「だからこそできること」について考えた時、以前、『65』という対談本でご一緒させていただいた100歳の日野原重明先生（聖路加国際病院理事長・名誉院長）が、おっしゃっていたことを思い出しました。

先生は、大学の時に病気で1年ぐらい寝たきりの生活を送っていらして、それで出世コースから大きく外れたと自分ではマイナスに思っていたそうなんですね。でも結果的に、その時の経験があったから、体が動かなくなった患者さんの気持ちに立てるようになったということを言われていたんです。「寝たきりの経験をした→だからこそできること」という。

その後、あれほどの医師にまでなられたというのは、その時の経験が大きかったと。だから、一見マイナスに見えるけれど、角度を変えるとすごくプラスになってくるというのは、どんな人でも当てはまることだと思うんです。

いかに自分が今マイナスだととらえていることでも、違う方向から眺めてみればプラスに持っていける。それができるかどうかが大切なんです。そこに、自分に自信を持ったり、自分の人生を豊かにしていくヒントが隠されているのかなと思いますね。

僕が発信する「みんなちがって、みんないい」も同じで、マイナスに見えること、一見、欠点に思えることだって、どこかいいところがあるかもしれない。

そういう姿勢でいられれば、自分の役割を見出すことだってできるし、それが自己肯定につながり、自分の幸せを見つけるきっかけにだってなると思うんです。

タケタケへの質問状

子育てを終え、燃え尽き症候群のように役割への枯渇感にさいなまれる女性からの質問も数多く寄せられました。お母さん方と接する機会の多いお二人の回答とは？

Q

母親の役割がなくなったら、私自身の役割って何もないかもしれないと不安です。役割はたくさんあったほうがいいのでしょうか……。

40歳　女性　営業
自分の役割……母親。
自分は前向きな性格だと思う……NO
自分は親に愛されて育ってきた……YES

乙武　母親じゃない自分にも存在意義があるのか、きっとそこが悩みなんでしょうね。

双雲　母親特有かもね。

乙武　特有なのかもしれないな。

双雲　僕ら男性にはあまりない。

乙武　そうなんですよ。

双雲　いいことなんですけどね。家庭に一生懸命になるということは。

一つ根源的なこと。役割って外にさらすときつい時もあると思うんだけれども、生まれた瞬間から**自分を育てる役割がある**んですよ、人間って。自分を育てるだけで人間精いっぱいですよ、正直。だから、人を育てるとか、人の中で役に立つ人間になるなんていうのもとっても大切だけど、その前に、まず自分を育まなければいけない。なのに、自分を育てようという感覚があまりないんじゃないですか。もっと自分の人格を磨こうとか、もっと笑顔を増やそうとか、もっと一生懸命働いて社会に貢献しようとか、もっと料理を上手になろうとか、まず自分を丁寧に愛して自己肯定感を育てることだよね。

乙武　このお母さんにだって、子どもが生まれるまでも数十年間の人生があったわけですよね。ということは、子どもが生まれるまでは、自分はなんの役割もなく、自分の存在意義はなかったのかというところに立ち返ったらいいのかなと思うんです。

決してそんなことはなかったはずだし、その頃には自分の役割があったと思うんです。今は「子どもを育てる母親という役割」があまりにも責任が強すぎるから、その光がまぶしすぎてほかの光が見えなくなっているだけで、子どもから手が離れていくにつれて、また別の役割が見えてくると思う。なので、僕はそんなに心配しなくてもいいのかなという気がしますけれども。

双雲　うん。やっぱり、**「子どもの手が離れた→だからこそできること」**って考えていくことでしょうね。これまで我慢してきた趣味だったり、旦那さんやお友達との旅行だったり、いくらだって楽しみがある。習い事したっていいし。それこそ、子どもと一緒に楽しめるものを見つけたっていい。

乙武　恋愛だってできますよね（笑）。

双雲　そうそう。64歳でプラトニックラブに走る方もいらっしゃるわけで。「だからこそできること」って考えてみてください。希望がグングン広がるじゃないですか。

第9章

幸せになりたかったら……

目の前のことに
全力投球する

欲望を一つひとつ
ひもといていく

やりたいこと、やりたい思いに沿って生きてきた二人。
輝いている理由はそこに集約されているような気がしました。
最後の対談は、乙武さんの意外な告白から始まりました。

グーからパーになった

乙武　最後に白状しますけど、僕の人生の中で一番つらかったのは、教員時代の3年間です。

双雲　もともと、どういう経緯で教員になったの。自分からやりたいと思ったの？

乙武　そうです。僕は両親や先生、周囲の仲間に本当に恵まれた。だから、次の世代のために何かしたいと思ったんです。

双雲　そうですよね。そうじゃなきゃ、教員免許まで取らないか。しかも、通信制の大学に入ってまで取ったんでしたよね、スゲーな。

乙武　子どもたちと接する、子どもたちに日々教育をするということに関しては、本当に楽しかったし、やりがいもあった。けれども、組織の一員として誰かの方針のもとで動かなければいけないというのが、本当に向いていなくて。双雲さんとは逆コースなんです。双雲さんは、サラリーマンとして組織に属した後、独立されて自由になれたから。

双雲　乙武さんは先に自由を獲得されていたのに、あえて組織に飛び込んだ。

乙武　そう、そう。たぶん、双雲さんにとっては、パーッと世界が開けたと思うんです。

双雲　グーからパーになった。

乙武　僕はパーからグー。その閉塞感は、本当にしんどかったです。

双雲　型にはまらない人が、型にはめられようとした時のつらさみたいのがあったんじゃないですか。

乙武　教員当時は、今のマネージャー君とはまだ一緒に仕事をしていなくて、1年に数回会うような感じだったんですけど、今でも**「あの頃のオトさん、顔、おかしかったですもん」**って言われますからね。

双雲　今の乙武さんからは想像できない。

乙武　久しぶりに会うと、彼としては気になるから、「どうですか、学校？」なんて聞くじゃないですか。「せっかく京都に来て忘れてるんだから、その話題やめて」と言ったことある（笑）。

「先生が違うから」じゃダメなの？

双雲　そういうつらい時期を、乗り越えられたんだ。

乙武　段階を踏んでですね。1年目は担任を持っていなかったので、それがもっとつらかったです。2年目、3年目は担任を持っていたので、クラスの子どもたちがよりどころになったし、自分の体を張れる場所ができたんです。でも、1年目は誰のために頑張っているのかというのが、僕の中で見えづらかった。

双雲　何もやれなかったと。

乙武　そうなんですよ。子どもたちのために頑張ろうと思っても、そのクラスの担任に「余計なことしないで」みたいなことを言われると、じゃあ、どこで頑張ったらいいんだろうと、頑張りどころが見えなかった。けれども、自分のクラスを持つと、「**この子たちのために頑張ろう**」と思えるので、そこは大きかったですね。

双雲　具体的に、学校側は何がイヤなんですか？　何を変えられるのがイヤなんですか？

乙武　とにかくほかのクラスと違うことをするのがイヤみたいで。例えば、校庭にブルーシート敷いて、桜の下で花見しながら学級会とかやっちゃうんで。

双雲　外でやっちゃいけないの？
乙武　外でやっちゃいけないというより、**ほかのクラスがしてないことをしちゃいけない**。それが、例えば、2クラス合同でとか、1時間目は1組がやって、2時間目は2組がやってというのなら、別に外でやってもたぶんいいんですよ。
双雲　僕の教室なんてすぐ外に行くからね。外へ出て、キャッチボールしようぜって言って。書道なんてやらないで、キャッチボールしようぜと。そういうのができないんだ？
乙武　ダメです。
双雲　僕も、それつらいわ。泣きそうになるわ。
乙武　とにかく、横並びが重視されるんです。
双雲　ええ。そうなんだ。本当にそんなに画一的なんだ。衝撃的だったでしょ。
乙武　そうですね……。
双雲　そこまで縛るの？　という。へえ。教育現場。何をそんなに怖がっているんだろう。ほかのクラスが違うことをしたら何が起きるんだろう。
乙武　例えば、僕が2組の担任だとすると、1組の保護者から電話がかかってきて、「なんで2組ではやっているのに、1組ではやらないんですか」と言われると困る、と。
双雲　「先生が違うからです」じゃダメなの？　「先生が違うからです」でいいじゃない。別にむちゃくちゃやっているわけじゃないじゃないですか。

みんなで**ＡＶ見ようぜ**とか、**チンチンの大きさ比べようぜ**じゃないじゃない。

乙武　それは僕でもやってません（笑）。

双雲　別に法律に違反するわけでも、倫理に反しているわけでもないじゃない。

乙武　それはやっていません。強く言っておきます（笑）。

双雲　うーん。確かに、画一的だね。それで、つらいことをどうやって乗り越えていったんですか？

乙武　問題が起きると一つひとつ、段階を踏んで解決していきました。でも理解されないことも多くて。やっぱり子どもたちと保護者の理解が支えであり、よりどころでした。

双雲　最後はどうなったんですか？　乙武さんが、最後いなくなりますといった時に、学校は少しも変化なかった？

乙武　変化は特に感じなかったですねえ。

双雲　変化なし。実は最後、乙武さんのおかげでこの学校も変われたよ、というドラマのエンディングみたいな発展はなかったんだね。

乙武　「ようやく出ていった」と思ってる先生も、なかにはいたんじゃないですか。

双雲　ようやく出ていったか……。

書道家にはこだわっていない

双雲　３年で教師やめてもったいないと思っていたけど、内情聞くとそうでもなかったのかな。

乙武　最初から３年契約と決まっていたんですよ。だから、やめたというよりは契約満了。つらい思いもたくさんしたけれど、子どもたちとの出会いはかけがえのないものだったし、３年間は全力投球できたという自負もあるので、後悔はしていません。

双雲　そこから、また本を書いたり、保育園を始めたりと、どんどん活躍のフィールドを変えていくじゃないですか。そこの思い切りが、世間の人から見たらうらやましいのかなと。

乙武　変えるのって勇気がいる。だから変えられない人が多いのはわかるんです。でも、新たにやりたいことがあるのに、僕はいつまでもじっとしていられない性格で。

双雲　たぶん、僕らは**「生きる目的」がしっかりしている**んですよ。仕事を「手段」としかとらえていないから。優先順位が、仕事に置かれすぎな人が多いのかも。会社のプライオリティーが高いんだと思います。僕らにとっては「伝えたいこと」が重要なんですよね。

乙武　うんうん。

双雲　手段にこだわってないっていうか、乙武さんだったら、「みんな、もっと常識を打ち破ってハッピーになってほしい」っていう強い願いがある。僕も、「みんなにもっと楽になってほしいし、楽しくあってほしい」っていう思いが異常に強い。それ以外、何もこだわってない。

だから、僕、書道家であることにこだわってない。

書道家でいるのは、これが一番効果的だから。書道が得意だし、好きだし、武器としたら最強の武器だから、それを捨てる必要はない。でもまったく、今の自分のフィールドに居続けなければならないとは思ってないです。

乙武　僕は、**なぜ、違うフィールドに行くのか**、その理由が重要だと思っているんです。大きくは二つに分類できると思うんですよ。今やってることがイヤで、つらいから、やめて違うところへ行きたい。そういう人は、たぶん、次に行ってもうまくいかないと思ってます。次のとこでも、気に入らないところが見つかって、ここも自分には合ってないとこだって思う。

双雲　逃げ癖、やめ癖だね。

乙武　そうじゃなくて、「今やってることをやりきったから、次に行きたい」とか、さらに、「こんなことをしてみたい」という前向きな気持ちでのチャレンジなら、僕はうまくいくと思うし、ハッピーな転職になると思うんです。

双雲　僕、今まで何人か弟子入り志望者が来たんですよ、遠くから、会社辞めてまで来た人もいる。「弟子は取ってないですけど、話は聞きましょう」って話だけは聞くんですね。聞いてみると、いろんな事件があった後トラウマになったり、空港でみんなに止められたのを押し切って、服が破れ、携帯まで投げ捨てて来たとかって言う子もいる。「頼もう」って道場破りのように来た人もいる。

そうやってたくさん来た人で、今うちに入っている人って３人しかいない。ほかの人はみんな断ったんです。それは、まさに乙武さんが言っていたのと一緒で、聞いてると、文句が出てくるんです。地元への文句、今までの自分への文句、親への文句とか、今の会社への文句。その反発で来られても困る。うまくいくわけないと思っちゃうんですよね。

まさに、ほんとにやりたいことがある時に、前の文句なんていらない。うちに今来ている３人は、一切、前の自分の状況に対する文句は言わなかったです。

今、目の前のことに全力投球できているのか？

乙武　双雲さんはどういう思いで、様々な活動に取り組んでいるんですか？

双雲　「**世界をよくしたい**」って思いがあるんです。すごい思いですけど、人類を幸せにしたいっていうのがあって、それが、勝手に、ベストなタイミングとベストな人材とベストな仕事を割り当ててくれるんですよ。それを信じてるから。

そうは言っても僕は、あんまり自分から強く行くタイプじゃない。僕は全部、流されてきたタイプ。流されるとは違うな、なんていうか、ビジョンが引き連れてくる。だから、全部の出会いが、僕にとってはビジョンが連れてきた人だから、出会った人たちみんな、僕にとっては運命の出会いなんですよ。

どんなちっちゃな仕事だろうが、それがどんな人だろうが、たぶん、全部意味があるんだろうなと思う。だから、それを一生懸命、あんまり先のことを考えないで、今できること、僕だからできること、今だからできることを、一生懸命その人を喜ばせようと思って、関わる人すべてを喜ばせようと思って仕事をやってきた。そしたら、勝手に、いつの間にか、**ベストなタイミングで次のフィールドがやってくる**って感じですね。

乙武　双雲さん、気持ち悪いくらい僕と同じことを言うんで驚きました。

双雲　そうですか？

乙武　僕も、取材で必ず聞かれるのは、「次々といろんなことをやってきた乙武さんですけど、これからのビジョンはなんですか」ということなんですよ。僕も、今、双雲さんが言われたことと同じことを言っています。まったく一緒。

例えば、5年前には保育園経営に携わっているなんて想像できなかったですから。

双雲　ずっと保育園やりたかったわけじゃない。

乙武　そう。夢にも思ってなかったし。だからこそ、今から5年後のことを想像したって意味がないと思ってる。今、目の前にあることに全力投球していくと、それをやりきった頃に、次にやりたいこととか、やるべきことが自然と見えてくる、扉が勝手に開かれる。そこに、また全力投球する。僕もそういう流れで生きてきてるんで、特に、５年後にこれやって、10年後にこれやってってていうのは考えないようにしてます。

まずは、今、目の前のことに全力投球できてるのか。そこに、不満があるとか、納得できない部分があるからほかに行くというベクトルだと、たぶん、次に行ってもうまくいかない。

双雲　乙武さんの場合だと、例えばスポーツライターとして、自分がやりきったと思って終わるっていうパターンもあると思うんですけど、もっと、さらに極めたいというか、もっとこの仕事を続けていきたいっていう人も多いわけじゃないですか。

乙武　でも、スポーツライターで言えば、やりきった感までは行ってないです。僕は、とにかく足を運んで、まずは選手やコーチの皆さんと信頼関係を築くということに重点を置いてやってきたので、「まさに、これから」という時に転向した。それが、結構もったいなかったとは思うんです。でも、やっぱり、体は一つしかないんでね。子どもたちのために力を尽くしたい、もっと「自分だからこそできること」をしていきたいと意識した時に、気持ちが教育に向かっていったんです。それも、決して、スポーツライターがイヤだからと移ったわけではない。

双雲　「やりたいこと」と「自分だからできること」の相関関係というのかな。でも、同じように考えてもね、変われない人のほうが多い。

乙武　双雲さんの場合は、すぱっと会社を辞められたんですか？

双雲　僕、ＮＴＴには、全然文句なかったです。僕はチョウチョを追いかけてきただけ。前も言ったけど、会社の先輩に手書きの名刺を作ってあげた時に、心から感動してもらえて、それがうれしくって「この道でやっていく」って勢いで辞めちゃったから。周りは「お金はどうするんだ」「大きな会社辞めてもったいない」とか言ってくるけど、それって、その時の僕には全然、関係のないこと。会社に文句はないけど、それ以上にやりたいことが見つかっちゃった。だから辞めるっていう単純なことなんですよね。

乙武　わかります。でも、大半の人はそこまで思い切れない。そこは難しいですよね。

人生がうまくいくには……

双雲　中途半端にわがままな人が多いから、思いきりわがままになることが大切でしょ。ほんとに、お金持ちになりたい、モテたい、認められたい、愛されたいっていう欲求を、誰もが持ってるとしたならば、その気持ちから逃げてるんじゃないかと思う。

僕と乙武さんは、たぶん、自分の理想を追求してるんだと思うんです。もっと幸せになりたい、もっと認められたい、負けたくない、もっとすごい人間になりたいっていう欲望を持っていて、真剣に向き合っている。

失敗を繰り返しながら、世間とぶつかっていく中で、「そうか、社会に貢献をすることで、人を喜ばせたり楽しませることで、自分の欲望って満たされていくんだ」っていうことを知っちゃった。だから、別に、僕ら、自己犠牲や愛で、何もいりません、どうぞっていうのではない。

ただ、与えるだけの高貴な人物ではなくて、ただわがままに、楽しく、もっと楽しみたいよねとか、もっと充実感を得たいよねっていうことを追求したら、たまたま、他人に対してそれを向けることが、実は、自分にとっての幸せだっていうことに気づいたということだから。もっと、みんな、**自分が持ってる欲望を掘り出してみたらどうかな**って思う。

乙武　自分の欲望にも正直になるってことですね。

双雲　僕らは、世間体とか、世間の常識、基準とかよりも、自分がこうしたいんだっていうエネルギーのほうが圧倒的に大きいから、たぶん、気にならない。

乙武　僕も双雲さんも、今の活動っていうのは、結果的に社会に役に立ちたいと思ってる。

双雲　それは嘘ではないですよね。

乙武　少しでもよくなってほしいと思ってやってると思うんです。でも、自分が犠牲になってとか、何か、施しをしてみたいなことも思っていない。

双雲　我慢をしてとかね。

乙武　僕も少なくともできないんですよ。だから、きっと、20代ぐらいまでは、僕はそうだったし、恐らく双雲さんも、自分を満たすということに、まっすぐな努力をしてきて、それが実って、自分が満たされた。自分が満たされた人間って、もちろん、さらに自分を満たそうとすることが一番の目的という人もいるのかもしれないですけど。

双雲　でも、それって、ほんとは満ち足りてないんだよね。

乙武　そうかも。ある程度自分が満たされたなと感じた時には、じゃあ、次は周りの人間に還元しようとか、次は社会に対して恩返ししようと考えるのが、自然だと思うんですよね。この前もツイッターでつぶやいたんですけど、漠然と人生がうまくいってないなって感じてる人は、こう考えたらいいと思うんです。

1．どうなったら、自分が幸せだと感じられるのかを具体的にイメージする。
2．今、何が足りてないのか、どうやったらそれに近づけるのか具体的な手段を考える。
3．その考えた手段を実行できるように努力する。

そういうステップを踏んで、自分が満たされたら、きっと、僕や双雲さんがずっとこの本で語ってきたような、「社会のために」という強い思いが湧いてくると思うんですよね。

「モテたい」って、どう「モテたい」のか

双雲　よく、ミュージシャンが、「モテたいから音楽始めました」って言うじゃないですか。「モテたい」って言った時に、みんな、その場で終わっちゃうんですよ。よく聞くんですけど、「モテたい」って具体的には、どう「モテたい」のかって。

　例えば、「きれいな女の人とエッチすること」とか「誰でもいいからキャーキャー言われたい」とか。「モテたい」にもいろいろある。

　「モテる」ってどういうことかってことを、ほとんどの人が追求してないんです。武道館をいっぱいにしてキャーキャー言われるのが、その人にとってのモテることだったら、そこを目指せばいい。どうしたら武道館をいっぱいにできるかって考えればいい。

　同じように「幸せになりたい」っていう人は多いけど、人によって、幸せの基準が全然違う。自分がどう幸せになりたいのかを具体的にイメージして追求していく。それがさっき乙武さんが言った3ステップになると思うんです。

乙武　そうですよね。

双雲　手段はいろいろあるにしても、「幸せになりたい」という欲望を一個一個ひもといてい

くと、絶対、最後は社会貢献にたどり着くんですよ。

乙武　そうかあ。今、双雲さんの話を聞いてて思ったんですけど、だからあいつはモテるんだなあ。

双雲　誰ですか？

乙武　いや、僕の友達なんですけどね、彼も血気盛んな男子なので、当然、「モテたい」という気持ちはあるんですけど、彼のモテたいは、世間一般にモテたいんじゃなくて、クラブに繰り出した時に、そこにいる女の子にモテたいと、目的が具体的なんですよ。

双雲　クラブだけ？　ニッチだもんね、ニッチだし、具体的だもんね。

乙武　だから、ほんとは、彼はスーツ着たり、ちょっと品のいい格好のほうがあきらかに似合うのに、坊主にしたり、ピアスをしたり、あえて崩してBボーイの格好をして、クラブ通いをしているんですね。

双雲　普段はスーツの仕事の人？

乙武　そう、きっとスーツを着ていたほうが、一般的にはモテるんです。でも、彼はその世間一般のモテる基準なんかどうでもよくて、クラブに行って、クラブに来るような女の子にだけモテればいいわけなんです。

双雲　それは具体的だから。一般的なモテより、クラブのお姉ちゃんにはモテるわけか。

乙武　クラブに行けば、5割の確率で〝お持ち帰り〟してくるらしいですよ。

双雲　やっぱすげーわ。モテるから、超具体的だもん。

乙武　そうなんですよ。今、双雲さんの話を聞いて、具体的にイメージすると、やっぱり結果が出やすいんだなと（笑）。

双雲　夢も何も、もう、ビジョンが明確だもんね。

乙武　そのための努力もしてるから。

双雲　普通の人たちよりはるかにテクニックを持ってますよね。まず、クラブのことも大して知らないし、クラブのお姉ちゃんをどうやって口説けるかなんて、考えたこともないから。

乙武　僕はクラブが苦手なので一緒に行ったことはないんですけど、別の友達が、彼に誘われてクラブに行ったらしいんですよ。そしたら、彼の目つきが変わるんですって。まるで別人みたいに。

双雲　でもクラブって向こうも商売だから、お客さんには営業的な対応じゃないですか。

乙武　あ、そっちのクラブじゃないです。クラブ。いわゆる踊るほう。昔で言うディスコ。

双雲　ああ、ごめんなさい。お姉ちゃんが座ってるんじゃなくてね。それでお持ち帰り？　うわ、すげー。そんな才能持ってるの？

乙武　すごいですよ。

双雲　具体的だからですよね。

乙武　50パーは持って帰るんですよ。

双雲　えー？　すげー。

乙武　いや、60％だったかな……。

双雲　高まってるじゃない。

乙武　とにかく彼は、具体的なモテを自分の中で想像して、そのためにどうしたらいいかという具体的手段を思いついて、それを実行してる。

双雲　他人がなんと言おうが、自分がそこにフォーカスしてるわけですから、他人の基準が入ってないもんね。

乙武　そうなんですよ。

双雲　だから、幸せですよね、その友達って。他人は関係ないもんね。彼は、「自分がモテたい」と思ってるんです。ほかの人って、「モテてると思わせたい」んですよ。だから、「幸せでありたい」んじゃなくて、「幸せだと思われたい」。

ここが大きな違いで、彼がなんで圧倒的に幸せかっていうと、自分の基準で幸せであり、自分の基準でモテてるから、**他人にどう思われても気にならない**。

乙武　確かに彼は、自分を愛してるフシがありますね（笑）。

双雲　不満がある人って、他人の基準で生きちゃうんじゃないですか。僕も、すごいわかるけど。他人の目をつい気にしてしまうんですよ。

乙武　ほんとですか。

双雲　僕、すげー気にしいじゃないですか。すげー気にしいですよ。だからブレるんです。

乙武　そんなふうに見えないけど。

双雲　乙武さんと出会って気づいたんですよ。他人によく思われたい、嫌われたくないっていう気持ちが、僕、強かったってことに気がついたから、最近、楽になった。嫌われてもいいとか、好かれなくてもいいと思い始めたら、すごい楽になった。

乙武さんって、もちろん嫌われたいとは思ってないんだけど、全員に好かれたいっていう気持ちはない。だから、僕にとって、すごい光が見えた。「あ、そっか。なんでみんなに好かれようとしてたんだろう」って。だから、否定する人も含め、「絶対、俺のこと好きになる」と思って。ある意味、一番のエゴだよね。

『フルチンで行こう』

乙武　対談を通して、双雲さんに褒めていただいている構図になっているので、ここで正確に言わなきゃいけないなと思ってることがあるんですけど……。

双雲　苦手なことはないし、強気だし、完ぺきじゃないですか。

乙武　でも、自分のことを高く評価してるのとはまったく違うんですよ。謙遜でもなんでもなく。僕は、自分を完ぺきな人間だなんてこれっぽっちも思ってないんです。メディアでのイメージは、性格的・人間的には、何か、素晴らしいと思われてるかもしれませんけど、身近にいる家族やマネージャー君から見れば、穴だらけで……（マネージャーさんに）深くうなずきすぎなんだけど。

双雲　うん、うなずきすぎ。

乙武　でも、それでも双雲さんが僕のことをまぶしく感じてくださるなら、それは僕がダメなところも含めて、自分のことが好きだからかも。いや、さっきからマネージャー君が深くうなずいているように、身近な人間から見たら、僕には本当にダメなところがいっぱいあるけど、それでも僕は自分が好き（笑）。

双雲　**他人を、うらやましいとも思わない**タイプだもんね。

乙武　そうですね。あくまで自分は自分。

双雲　**生きてて、不満とかないでしょ。**

乙武　ないですね。

双雲　すげー！

乙武　他人がどう思うかとか、常識がどうとか、そういうことを考えずに生きている。さっきのクラブ好きの友人じゃないけど、世間一般のものさしじゃなく、自分なりのものさしを基準に生きているんですよね。でも、それができているのも、きっと両親や先生方に愛され、自己肯定感を育んでもらえたからだと思うんですよ。

双雲　多くの人は子どもの頃から、親に褒められるからとか、先生に怒られるからって、他人の目を意識してやってきたから。普通、そういう思考の人が大半なんですよ。

僕の中で、乙武さんという存在が常に肯定されてきたというのが、ショッキングであり、インパクトがあったんです。**想像以上の前向きさ**。

乙武　よく言われます（笑）。

双雲　僕も遠慮してきたのがバカらしくなる。隠してきた。僕、前向きなこと。僕がずっとこうしていたのを、乙武さん、フルチンで来てる感じ。すげえとか言って。チンチンがすごくでかく生まれたやつが、でかくて申し訳ないと思って生きてきたのに、それよりでかいやつが、向こうから突然ボワーッと歩いてきた感じだよね。マジ？　いいかよ？　みたいな。

乙武　出していきましょう。フルで行きましょう。

双雲　フルチンで？

乙武　じゃあ、本のタイトルも『フルチンで行こう』（笑）。

例えば、僕がずっと言い続けていることですけど、「人類を幸せにしたい」「世界を変えたい」って言ったら、みんな、「おまえ、勘違いするんじゃない」って言うんですね。

でも、僕が何かするわけじゃないですよ。僕は、みんなの持ってる力を開けていく、「扉開け職人」みたいなもんだから。僕が世界を変えるわけじゃなくて、みんなのもともと持ってたものに、ちょっと後押しするだけ。花に水をやるぐらいの感覚だから、別に、僕が何かをしでかそうと思ってるわけじゃない。僕個人の力では、大したことはやれないですよ。

もし、僕が人より優れているところがあるとしたら、それは、誰よりも「自分を信じてる」っていう部分かなと思うんです。

僕が、「人類をなんとかしてあげよう」なんて言ってるわけじゃないんです。そこは、なかなか伝わらないんですけどね。引っ張っていくみたいなこと、無理に決まってるんです、僕なんて。

でもね、不思議と自分がイヤにならない。

ダメダメででこぼこな自分を許すっていうのかな。自己肯定感かな。

それは両親だったり、周りの大人だったり、これまでの人生で僕自身がいっぱい肯定されてきたから、愛されてきたからなのかなって思います。

ただ、そういう相手がいなくても、自分でも肯定し続けることだってできるんです。例えば、子ども頃に親から虐待されてても、その後、充実感と肯定感を持って生きてる人はいっぱいいるわけですよね。自分を肯定してくれる人がいないからって腐ってたら、人生がムダになる。

まずは、自分で自分を肯定する。それが大切だと思うんですよね。

最後に言ったように、僕は本当にダメなところがたくさんあります。けど、僕は、そういうダメなところも含めて自分自身がいとおしいんですね。

僕は明石家さんまさんの大ファンなんです。さんまさんから、同じにおいを感じるなんて言ったらおこがましいんですけど、生き方にあこがれているんです。

さんまさんにだって、きっと、いろいろだらしないところはあると思うんですよ。でも、何か、「そんな俺、かわいいやろ」みたいに思えてるところが、周りから見ても愛らしく感じると思うんです。

僕もダメなとこ、いっぱいあるし、直さなきゃいけないとこもいっぱいあるのはわかってるんです。でも、そんなダメなとこも含めて自分がいとおしいんです。

僕の『五体不満足』という本は、いろんな国の言葉に訳されてて、英語版にもなってるんですけど、英語版のタイトルが、「No One's Perfect（ノー・ワンズ・パーフェクト）」――「完ぺきな人なんて誰もいない」という意味なんですね。まさにそこだと思うんです。

自分のことを「完ぺきでいなきゃ」と思っちゃう人って多いですよね。つまり、ちょっとでも欠けているところ、できてないところがあると気になっちゃう。そうなると、すごく生きてるのがつらいし、自分のことを愛してあげられなくなっちゃうと思うんですよ。

完ぺきな人なんて誰もいないんだから、自分だって完ぺきでなくて当たり前。そう思えると、意外に自分のことを許してあげられるし、認めてあげることができるのかなって。

それが自分を愛する、自己肯定感につながると思うんですよね。

タケタケへの質問状

教員として、書道の先生として、そして2児の父として、子どもたちと接してきたお二人。「教える」ことへの思いが感じられるラストクエスチョン！

Q 現代の子どもたちに教えるべき一番大事なことってなんだと思いますか??

28歳　女性　主婦
自分の役割……娘として母として妻として女として、それぞれ違う。
自分は前向きな性格だと思う……YES
自分は親に愛されて育ってきた……YES

双雲　一番と言われると難しいけど、子どもを見ていても、こっちが教えたことなんて入らないんです。
親が何かこうしなさい、ああしなさいとか、こうしてほしいと思ったことって、だいたいかなわないんですね。それは押しつけているから。何しているかと言ったら、いつの間にか真似しているんですよ。子どもって。

例えば、僕が歯磨きを楽しそうにやっていると「何、楽しそうにやってるの？」って食いついてくる。夢中でやっているものって、子どもは何、何って興味を示すんです。

それが人間って一番大きいと思っていて。真似とか吸収。だから、結局教えなきゃいけないことはないんだけれど、**親の背中を見ている**ということだけじゃないですか。親の普段の会話とか、価値観とかを全部吸収しているから。正しいかどうかはわからないけれども、結局自分がどう生きるかということ。

ニュースを見て何を思い、なんと言い、どういうふうに家族と接して、どういう気分で朝起きて、どういう言葉がけをしているかってことかなと。

乙武さんは、どうですか？

乙武　そうだなあ。まあ、普通に考えたら、命の大切さとか、そういうことになってくるんだと思うんですけど、「現代の」と書いてあるので、あえて別の答えを。僕は教員時代に教えていた子たちとか、今の若い世代に欠けていることかなと感じるのは、やはり失敗を恐れずにチャレンジする姿勢かなと思うんです。

この対談でずっと話してきたのは、「どうやって役割に気づいていくのか」ということ。それには、やっぱり自分が失敗してきたり、成功してきたりという経験を重ねることで、自分がどんな人間なのか、自分にどんな特徴があるのかということを気づくという過程が必要になってくると思うんです。それによって、ようやく自分の役割も見つかっていく。

今の学生さんの話を聞いていたりすると、あまり失敗もしてきてないんです。なんで失敗してきていないのかというと、チャレンジをしてきてないから。

「こんなことやってみたい」「こんなことに興味がある」と思っても、それをいろいろ頭の中でシミュレーションして、「ああ、でも、やっぱりこうやって失敗するかもしれないからやめておこう」って、行動を起こす前に自己完結している人がすごく多いのかな。

そうすると、確かに失敗はしなくて済むけれども、成長もしないし、その結果、自分の経験値が貯まっていかない。自分がどんな人間なのか、どんな特徴があるのかというのをつかめないままになってしまうのかなと思うんです。

双雲　確かに安全志向だよね。

乙武　学校でも、「今日はこんなことやってみるよ」というふうに、何か新しい課題を提示しても、必ず子どもたちは、「ええ、無理」とか「できない」と、やる前から言うんです。そのあたり、やってみなきゃ無理かダメかわからないのに、そう思っちゃうというのは、すごく残念だし、もったいないと思うんです。
そんな失敗することばかり恐れずに、**まずはやってみようぜ**という姿勢は教えていきたいなと。ずっと3年間思っていましたね。

その教え方をどうしたらいいのかということは、双雲さんの言われていたこととまさに同じで、やってみようぜと口で言って、「うん、わかりました。やってみます」なんて言ってくれたら、こんなラクなことはない。教員が、もしくは親が、チャレンジしているという姿勢を見せられているのかということだと思うんです。

だから、僕は子どもから見たら、「こんな手と足のない先生にはできないだろう」と思われるようなことも、果敢にチャレンジすることで、何か伝えられたらいいなと思っていました。例えば、体育の時間。サッカーとかやる時、普通、担任というのは、ピーッと笛を吹いて、審判に徹するんですけれども、僕は必ずどこかのチームに選手として入って、子どもたちに交じってボールを追いかけた。

しかも、大人げなく勝ちに行くという。

双雲　しかも、その教師は手足ないんですよね？

乙武　そうです。

双雲　意味がわからないです。その先生。

乙武　一番でかい声出して、一番勝ちたがるという。

双雲　しかも、ボール蹴っちゃう。

乙武　ワンツーやっちゃう。

双雲　すげー。

子どもに勉強をさせる方法

双雲　子どもにとって、「勉強しなさい」と言われるほど勉強の意欲を失わせるものはない。そのメカニズムって絶対的じゃない？　なのに、なぜ親は言ってしまうのかな。

乙武　勇気を出して、「うちで勉強したら、絶対許さないからね」と言ったら、隠れてこっそりやるかな？

双雲　勉強だけはしちゃいけませんと言って。

乙武　教科書なんて、もう取り上げる。

双雲　隠しとくからって。そうすると子どもが必死で教科書を探して。

乙武　勉強したい、勉強したいって。

双雲　次、国語、算数をやりたいって子どもが言ってもダメって言って。ダメ作戦、成功しますよ。「本当にやりたい。勉強。やらせて」「ダメー」って言う。「やらせてー」とか、「もっとやりたい」とか言って、絶対。3歳から5歳くらいは、全部楽しいんですよ。楽しいか楽しくないかに分けるのは、大人が決める義務感だったりするじゃないですか。面白いものを面白くなくしているのは、大人だということは認識したほうがいいですよね。

勉強もそうだけれども働くこともそうでしょ。仕事があるということは最高だし、役割を与えられるわけ。社会に。お金をもらえるわけです。考えてみたら、すごくいいことなのに、いつの間にか義務教育の流れで、働かなきゃいけない。働かされている。だから、最高につまらないものになってしまう弊害というのはありますよね。勉強しなさい的な空気が、働かなきゃいけない、勉強しなきゃいけない空気が、いろいろなものをダメにしている。

働くの楽しいよねという人が増えるといい。もっともっと。勉強楽しいなとか、学校楽しいなという人がもっと増えるといいなと思うんです。

乙武　小学校で担任やってすごく驚いたのが、漢字が本当に苦手な子がいて。いつも30点ぐらいしか取れない子が、ポケモン１００種類以上言えるんですよ。社会の地名とか覚えるのが苦手な子が、電車がすごく好きで、関東すべての駅の名前が言えるんです。

そこで思ったのは、この子たちは**能力がないんじゃなくて、興味なんだ**なと思って。だから、僕らの仕事は、いかに教えるかじゃなくて、いかに勉強したい、それを覚えたい、学びたいという気持ちにさせられるかどうかなんだなと、すごく感じましたね。

おわりに

ポジティブとネガティブ

武田双雲

僕と乙武洋匡さんの出会い。ツイッターが結んでくれたご縁でした。

本当にすごい時代が来たなとつくづく感じます。思えば僕が乙武さんにツイッターで対談を提案したのは、近くの海岸沿いを散歩している時でした。気持ちいい青空の下で波の音に包まれながら、ふと対談を思いついてすぐさま乙武さんに投げたのです。

そうしたら、あっという間にレスポンスが来て「やりましょう」と乙武さん。そして勢いで始まった教育対談は、何十万人という方がリアルタイムに見て、しかも様々な意見（賛成、反対、批判、野次）が飛びかいました。こんなことが可能になるなんて、昔では想像すらできなかったでしょう。

しかも、そのやりとりを偶然見ていた、主婦の友社の高原秀樹さんが、本にしてくれるという。なんと素敵な流れでしょう。確か、あの時は、フォロワーの方から、「すごく面白い！　本にしてほしいです」と来たので、僕が「たぶん、すぐにオファー来ますよ」って冗談っぽくホラをふいたら、高原さんがすぐにつぶやいてくれて実現したわけです。

ツイッターで出会ったわけですから、乙武さんがどんな人かは知りませんでした。あの大ベストセラー『五体不満足』も失礼ながら読んでいませんでした。しかし、ツイッターで対談するうちに、オトさんの人となりがグングン伝わってきて、すっかり乙武ワールドに惚れ込んでいました。

人間っていうのは不思議な生き物で、リアルで会わなくても、たった140字なのに伝わるんですね。人となりが。書道と違って冷淡なパソコン書体で、たった140字の組み合わせで、個性なんて伝わらないはずなのに、なぜか伝わっちゃう。ほんと不思議。

でもやっぱり実際にオトさんに会ったら、さらに魅力アップ。話し込んで感じたことは、僕は自分のことをかなりポジティブだと思っていたのですが、オトさんはレベルが違う。ブレない。「もうちょっとブレてくれ、頼む！」と言いたいくらい。

それは生まれつきなのか、彼の手足がないことがそうさせたのかはわからないけど。でもそこらへんにいるただの頑固者とは違うんですよね。柔らかいのに、まっすぐというか。僕は病気をして体調がよくなかったこともあってか、オトさんのまっすぐさが眩《まぶ》しいくらいでした。オトさんのおかげで、ネガティブな人の気持ちがわかりました。眩しいくらいポジティブで来られた時の、あの、後ずさりしたくなるような、「うっ！」と撃ち抜かれたような気持ちが。

オトさんが自信満々に見えて、でも嫌な気持ちにはならず、しかも僕が元気になってしまう理由を考えてみました。本文の中にも出てきましたが、「人と比べていない」からかなと。誰かより上とか下という基準での自信ではないから、魅力的なんだと思います。

オトさんの人生コンセプトでもある「みんなちがって、みんないい」というのが全身にしみ込んでいるから、一緒にいて心地よい。僕がいくら個性的でも受け入れてくれる安心感がある。まさにこの本のタイトルでもある「だからこそできること」をそのまま体現してる人だと感じました。

読者の方がどのように受け止めてくださるかはわかりませんが、この本がきっかけで、自分を愛せるようになったり、個性に気づいて伸ばしてくれたら幸いです。

僕自身もこの対談を通して、自分の個性を再発見したり、もっと伸ばすことに成功しました。読者の方にも同じ体験をしてほしいと思います。もし、共感、感動してくれた方はツイッターでつぶやいていただけたらうれしいです。

最後に、僕をさらにポジティブにしてくれた乙武さん、そしてマネージャーの北村公一さん、いろんな方向に飛んでいく話をこんなにも素敵にまとめてくれて、多くの方の目に触れるチャンスをくれた高原さん、本当にありがとうございました。

乙武洋匡

Hirotada Ototake

1976年東京都生まれ。早稲田大学在学中に出版した『五体不満足』(講談社)が500万部を超えるベストセラーに。99年TBS系『ニュースの森』でサブキャスター、大学卒業後はスポーツライターとして『Number』等で活躍。2005年4月より東京都新宿区教育委員会非常勤職員「子どもの生き方パートナー」。07年4月から3年間杉並区立杉並第四小学校教諭。11年4月に東京都練馬区の保育園『まちの保育園』開設に携わる。近著に『オトことば。』(文藝春秋)、『オトタケ先生の3つの授業』(講談社)など。3年間の小学校教員としての経験をまとめた小説『だいじょうぶ3組』(講談社)の映画化が決定、自身をモデルにした新任教師「赤尾慎之介」役で出演。13年公開予定。男の子二人の父である。

公式ホームページ :www.ototake.com

ツイッターアカウント :@h_ototake

武田双雲

Souun Takeda

1975年熊本県生まれ。書道家。3歳より書道家である母・武田双葉に書を叩き込まれる。東京理科大学卒業後はNTTに入社し、約3年勤務。独立後は音楽家、彫刻家などさまざまなアーティストとのコラボレーション、斬新な個展など独自の創作活動で注目を集め、日本テレビ『世界一受けたい授業』ほか各種メディアに出演。NHK大河ドラマ『天地人』、映画『火天の城』、『春の雪』、『北の零年』ほか、数多くの題字を手がける。多くの門下生を抱える書道教室「ふたばの森」主宰。著書に『武田双雲にダマされろ』(主婦の友社)、『こころをつよくすることば』(日本出版社)など多数。「6月9日は、世界感謝の日」を企画し、世界が感謝に包まれる日を夢見てプロジェクトを進めている。男の子一人、女の子一人の父である。

公式ホームページ : www.souun.net

ツイッターアカウント :@souuntakeda

装丁・本文デザイン／加藤愛子（オフィスキントン）
撮影／飯田かずな
校正／梶原晴美（東京出版サービスセンター）
編集／高原秀樹（主婦の友社）

だからこそできること

平成 24 年 6 月 30 日　第 1 刷発行
平成 24 年 8 月 10 日　第 2 刷発行

著　者　乙武洋匡《おとたけひろただ》　武田《たけだ》双雲《そううん》

発行者　荻野善之

発行所　株式会社 主婦の友社
〒 101-8911
東京都千代田区神田駿河台 2-9
電話　03-5280-7537（編集）
03-5280-7551（販売）

印刷所　大日本印刷株式会社

・ 乱丁本、落丁本はおとりかえします。お買い求めの書店か、
主婦の友社資材刊行課（電話 03-5280-7590）にご連絡ください。
・ 内容に関するお問い合わせは、主婦の友社書籍・ムック編集部（電話 03-5280-7537）まで。
・ 主婦の友社が発行する書籍・ムックのご注文、雑誌の定期購読のお申し込みは、お近くの書店か主婦の友社コールセンター（電話 049-259-1236）まで。
※ お問い合わせ受付時間　土・日・祝日を除く　月～金　9：30~17：30
主婦の友社ホームページ　http://www.shufunotomo.co.jp/